Das Buch

Elisabeth wird von einem Porträtbild im Wohnzimmer ihrer Familie besonders angezogen. Wenn sie fragt, wer diese unbekannte Frau sei, heißt es immer: „Das verstehst du nicht. Es war Krieg." Eine Gedenktafel auf dem Familiengrab zeigt dieselbe Frau. Als Elisabeth von ihrer Stiefmutter hört, dass diese Person „da gar nicht liegt", beginnt sie auf eigene Faust zu recherchieren. Bald findet sie heraus, dass es sich um ihre Mutter Maria W. handelt – eine couragierte Gegnerin des Nationalsozialismus, die ihre Kinder vor dem verderblichen Einfluss des Regimes bewahren wollte. Als der Druck der Nazis auf die in Kevelaer ansässige Familie immer stärker wird, erleidet Maria W. einen Nervenzusammenbruch.

Im September 1944 muss sie mit einigen ihrer Kinder die heimische Bäckerei und Pilgerherberge verlassen: Im Rahmen der Evakuierung vor den Alliierten geht es per Bahn nach Sachsen. Auf der Fahrt wird die Mutter wegen ihres erneut aufbrechenden Nervenleidens in eine Klinik in Uchtspringe eingewiesen. Niemand weiß, dass es sich um eine verdeckte NS-Euthanasieanstalt handelt ...

Der Autor

Hermann Multhaupt wurde 1937 in Beverungen geboren. Als Journalist wirkte er in Karlsruhe, Offenburg, Mannheim, in der bayrischen Oberpfalz und in Baden-Baden; von 1979 bis 2000 war er Chefredakteur der Kirchenzeitung „Der Dom". Für seine kirchlich engagierte Tätigkeit bekam er 1981 den Journalistenpreis der Deutschen Bischofskonferenz.

Multhaupts Wirken als Schriftsteller umfasst mehr als 80 Bücher, darunter zahlreiche historische Romane. Zusammen mit dem evangelischen Pfarrer Manfred Wester gilt Multhaupt als Wiederentdecker irischer Segenswünsche, von denen er zahlreiche Bände herausgab.

Im **dialog**verlag erschienen seine Erzählungen „Die Judenmetzgerei", „Die Mordnacht über der Königspfalz" und „Schutzengel Helmut".

Hermann Multhaupt

Das Haus mit den sieben Dächern

dialogverlag

Besuchen Sie uns im Internet:
www.dialogverlag.de

Umwelthinweis:
Dieses Buch wurde auf chlor- und säurefreiem Papier gedruckt.

Bibliografische Information der Deutschen Nationalbibliothek
Die Deutsche Nationalbibliothek verzeichnet diese Publikation in der Deutschen Nationalbibliografie; detaillierte bibliografische Daten sind im Internet über http://dnb.d-nb.de abrufbar.

ISBN 978-3-944974-60-6
1. Auflage 2021

Titelbild: Airene / photocase.de
Cover: Eva Lotta Stein
Gestaltung: **kampanile**.de

Gesamtherstellung: **dialog**verlag

Das Haus mit den sieben Dächern

Eine wahre Erzählung über das Schicksal einer Familie während der Nazi-Zeit

Das Wetterleuchten hält schon eine Weile an. Die Luft scheint still zu stehen, als ob sich der Wind in andere Landesteile aufgemacht hätte. Es ist selbst zwischen den Häusern stickig.

„Es wird ein Gewitter geben – nach dieser Hitze.“

„Wenn du dich da mal nicht irrst, Onkel Bernhard. Du bist kein Bauer und von den Bauernregeln verstehst du nichts.“

Onkel Bernhard ist Pensionär. Nach dem Tod seiner Frau kommt er jetzt häufiger in die Stadt, die von der Verehrung der Gottesmutter – oder besser vom Devotionalienverkauf der Händler – lebt.

„Zudem ist der Himmel blau. Kein schwarzes Wölkchen, das auf ein Gewitter hinweisen würde.“ Neffe Wolfgang verzieht sein Gesicht zu einem Grinsen, als er die Unsicherheit im Blick des Onkels bemerkt.

Der Onkel weiß dafür mehr über die römische Geschichte, über die er promoviert hat. Doch die ist zur Zeit nicht gefragt. Lateinische Verben zählen nicht, dafür die Siegesparolen, die der Volksempfänger mehrmals am Tage hinausposaunt. Wer feinfühlig ist und die Ohren spitzt, merkt, dass der Ton des Sprechers etwas gedämpfter klingt als noch vor Wochen, als ob er belegte Mandeln hätte – oder selbst nicht daran glaubt, wovon er spricht. Zweifel an der Echtheit der Nachrichten werden genährt durch die insgeheim abgehörten Informationen vom Londoner Rundfunk BBC. Die klingen niederschmetternd im Gegensatz zu denen, die „das Oberkommando der Wehrmacht“ bekannt gibt, und denen, die der Schweizer Sender Beromünster an Hiobsbotschaften vermittelt. Nur: Wer beim Abhören eines „Feindsenders“ erwischt wird, kann froh sein, wenn er mit ein paar Jahren Zuchthaus davonkommt.

Wieder grummelt es. Die Geräusche kommen aus westlicher Richtung und zwischendurch blitzt es. Die Reihenfolge passt nicht, das muss auch Onkel Bernhard auffallen. Erst der Blitz – dann der Donner, das ist die Reihenfolge bei einem Gewitter. Doch jetzt ist alles durcheinander. Am nächsten Morgen weiß die Zeitung, was es mit Blitz und Donner auf sich hat: Die Alliierten haben die Stadt Rees bombardiert. Eine Metzgerei und die Güterabfertigung der Kleinbahn sind dem Angriff zum Opfer gefallen, sechs Menschen finden den Tod.

Maria ist das zweite Kind von elf Geschwistern. Sie heiratet 1929 den Bäckermeister Fritz Wieners aus dem Haus „Zum Goldenen Krug“ in der Maasstraße 35. Beide führen neben der Bäckerei und Konditorei eine Gastwirtschaft und vermieten Fremdenzimmer. Fritz hat das elterliche Haus peu à peu ausgebaut, es stößt jetzt hinten an die Gärten. Die Verwandten nennen es liebevoll: „Das Haus mit den sieben Dächern“.

Die Vorfahren haben vorgesorgt: Grund ist die wachsende Pilgerschar, die doch irgendwie untergebracht werden muss. Der große Vorgarten bietet sich als Bauplatz für ein ganz neues Gebäude an. Im alten Haus können alle wohnen bleiben, bis der Neubau vollendet ist. In zwei Etagen bieten 23 Zimmer mit 45 Betten den Pilgern eine gediegene Unterkunft. Die alte Schreinerei, die ebenfalls zum Inventar gehört, vergrößert sich um das Dreifache, neue Maschinen werden angeschafft, der Pferdestall dient im Winter als Holzlager. Der breite und lange Obst- und Gemüsegarten hinter den Gebäuden erweist sich als große Hilfe für die wachsende Familie. Aus der alten Schreinerei entsteht ein Pferdestall, denn viele Pilger kommen mit Pferd und Wagen.

Im Zentrum der Wallfahrt nach Kevelaer steht die Gnadenkapelle. Sie wurde 1654 um einen Bildstock erbaut.

Die Fußpilger begleitet ein großer Pferdewagen, der Gepäck, Verpflegung und notfalls auch Fußkranke aufnimmt. Die Wallfahrer aus Büsbach bei Aachen mieten mit ihren 60 bis 80 Teilnehmer*innen im September das St. Josefshaus für drei Tage – und das vierzig Jahre lang. Vorher übernachteten sie auf Stroh in der alten Schreinerei. Sie ziehen mit Fahnen voraus in Kevelaer ein. Sechs weißgekleidete junge Mädchen tragen eine mit einem Brokatmantel bekleidete Marienfigur aus Wachs auf einer Stellage. Doch wehe, wenn die Sonne vom Himmel brennt, da kommt die Gottesmutter ins Schwitzen.

Ganz Kevelaer lebt von der Wallfahrt. Die Zahl der Pilger nähert sich einer halben Million, die sich zwischen dem 29. Juni – dem Fest Peter und Paul – und dem 1. November – Allerheiligen – an der Gnadenkapelle einfindet. Sind die Betten im Gasthaus belegt und treffen immer noch weitere Wallfahrtsleute ein, so genügt ein Blick der Eltern, und schon treten die Kinder ihre Betten für die müden Gäste ab. Nun gut, auch wenn die eigene Müdigkeit sich bemerkbar macht, zu viert oder sechs Kindern auf der Bodenmatratze zu schlafen, hat auch einen gewissen Reiz.

Auch die Holländer kommen in großen Scharen. Ist das eigene Betten-Kontingent erschöpft, beginnt die Suche nach Privatquartieren. Es gibt viele Bekannte, die ein Zimmer räumen und sich über einen kleinen Nebenverdienst freuen. Über einen langen Zeitraum finden sich die Pilger immer bei ihren Gastleuten ein, werden von denselben Personen willkommen geheißen und betreut. Es entstehen Freundschaften, die über Jahre bestehen und von der gegenseitigen Anteilnahme an Freud und Leid der Familien geprägt sind.

Jetzt ist Krieg. Die großen Pilgerströme von einst sind derzeit auf wenige Wallfahrer geschrumpft. Es ist wegen der Tiefflieger zu gefährlich, zu Fuß unterwegs zu sein. Aus heiterem Himmel stürzen sie wie Raubvögel auf alles herab, was sich außerhalb eines Ortes bewegt. Notfalls kann ein Sprung in den Straßengraben nützen oder ein schneller Rückzug in den Schatten von Scheunen und Geräteschuppen. Dann sausen die Tod bringenden Maschinengewehrsalven über die Köpfe hinweg ins Ungewisse.

Maria weiß schon lange, dass es mit dem Krieg kein gutes Ende nehmen wird. Sie hat es von vornherein geahnt und ist dem Spuk des Nationalsozialismus überzeugt entgegengetreten. Zweimal ist der Ortsgruppenleiter in der Maasstraße erschienen und hat angemahnt: „Frau Wieners, dass Sie die Hakenkreuzfahne nicht hissen, ist ein grober Verstoß gegen die Anordnungen der Partei. Noch einmal lasse ich das nicht durchgehen. Sie haben mit ernsthaften Konsequenzen zu rechnen."

Was das heißt, bekommt Maria schon bald zu spüren.

„Was bildet die sich ein? Meint wohl, was Besonderes zu sein, was?"

Etliche Kunden bleiben weg, kaufen Brot und Brötchen bei der Konkurrenz. Das ist zwar schmerzlich, doch Maria nimmt es hin. Soll sie sich verbiegen, nur um ein paar Reichsmark mehr abends in der Kasse zu haben?

Sie grüßt auch nicht mit „Heil Hitler". Ja, sie verbietet sich den Gruß in ihrem Geschäft. „Bezahlen Sie lieber Ihre Rechnung", sagt sie mahnend. Manche Kunden verstehen sie nicht. Es hat sich doch vieles positiv entwickelt, seit Adolf Hitler an der Macht ist. Dieser Mann hat Deutschland wieder ein Gesicht gegeben. Man kann unvoreingenommen in den Spiegel schauen. Man denke nur an das Ende der Reparationszahlungen infolge des Ersten Weltkrieges, an das Ende der Arbeitslosigkeit durch gewaltige Bauvorhaben. Die Hitlerjugend lockt mit schmeichelnden Angeboten. Nicht nur mit Trommeln und Pfeifen und schöner Musik in den Umzügen. Wer sich geschickt genug zeigt, kann sogar das Segelfliegen lernen. Wie stolz tragen die Jungen die Uniform, braunes Hemd, Hoheitszeichen auf dem linken Arm, das Hakenkreuz, Koppel, Schlips und Schulterriemen.

Ihre Jungen bitten die Mutter, auch zu den Zusammenkünften gehen, sich mit Ihresgleichen in Sportwettkämpfen messen zu dürfen. Doch Maria ist da unerbittlich. „Ihr geht mir da nicht hin! Das erlaube ich nicht!" Das gilt auch für die Töchter und den Bund Deutscher Mädel.

Was hat sie denn nur? Maria beobachtet, wie sich eine gottlose Gesellschaft etabliert hat. Vielleicht nicht so auffällig in dieser Stadt, weil sich die Nazis noch nicht trauen, einen Wallfahrtsort ins Visier ihrer dunklen Pläne zu nehmen. Aber anderswo. Warum fallen die Veranstaltungen der Partei, vor allem die der Jugend, ausgerechnet in die Zeit der Gottesdienste? Wohin sind die wenigen Juden, die zu Marias Kundenstamm zählten, seit geraumer Zeit aus dem Stadtbild verschwunden? Fragt denn niemand nach, wohin sie gebracht worden sind? Es wird gemunkelt, es gibt Gerüchte, aber wen geht das was an? Ja, Maria geht das was an! Manchmal liegt Post mit Morddrohungen in ihrem Briefkasten. Die gegen sie persönlich gerichteten Angriffe belasten sie weniger. Aber wenn es um ihre fünf Kinder geht, da kommt sie ins Zittern und Schweiß tritt auf ihre Stirn.

Den Mut hat Maria von ihrem Vater geerbt. Der wagt es doch tatsächlich, den Fronleichnams-Schmuck wie gewohnt herzurichten und die weiß-gelbe Fahne aufzuhängen. Warum hisst er nicht die rote mit dem Hakenkreuz auf weißem

Grund? Die SS-Zeitung „Das Schwarze Corps" greift die Angelegenheit auf, Vater wird zum Verhör geholt. „Warum sind Sie noch kein Parteimitglied?" Doch Vater steht wie ein Fels in der Brandung.

Im Krieg sorgen sich die Eltern um vier Söhne und drei Schwiegersöhne, die in Norwegen, Russland, in Frankreich, Holland, Dänemark und Berlin stationiert sind und von denen einer schwerverwundet im Lazarett liegt.

Maria hat Hitlers vom Rundfunk übertragene Rede in Reichenberg im Sudetenland noch im Ohr, seine peitschenden, durchdringenden Worte, die von den meisten Parteigenossen und Zuhörern bejubelt wurden. „Diese Jugend, die lernt ja nichts anderes als deutsch denken, deutsch handeln, und wenn diese Knaben mit zehn Jahren in unsere Organisation hineinkommen und dort oft zum ersten Mal überhaupt eine frische Luft bekommen und fühlen, dann kommen sie vier Jahre später vom Jungvolk in die Hitler-Jugend, und dort behalten wir sie wieder vier Jahre. Und dann geben wir sie erst recht nicht wieder zurück in die Hände unserer alten Klassen- und Standeserzeuger, sondern dann nehmen wir sie sofort in die Partei, in die Arbeitsfront, in die SA oder in die SS, in das Nationalsozialistische Kraftfahrkorps und so weiter. Und wenn sie dort zwei Jahre oder anderthalb Jahre sind und noch nicht ganze Nationalsozialisten geworden sein sollten, dann kommen sie in den Arbeitsdienst und werden dort wieder sechs und sieben Monate geschliffen … Und was dann an Klassenbewusstsein oder Standesdünkel da oder da noch vorhanden sein sollte, das übernimmt dann die Wehrmacht zur weiteren Behandlung auf zwei Jahre, und wenn sie … zurückkehren, dann nehmen wir sie, damit sie auf keinen Fall rückfällig werden, sofort wieder in die

SA, SS und so weiter, und sie werden nicht mehr frei ihr ganzes Leben!“

Solche Reden vergisst Maria nicht, sie warnen sie, sie schrecken sie ab. Ihren Kindern wird sie diesen Gang in die Unfreiheit nicht zumuten, in die Abhängigkeit einer gottlosen Gesellschaft. Und sie vermerkt auch, dass sich die Zeiten stark ändern, dass der Krieg, der Deutschland groß machen soll, näher kommt und die Grenzen des Reiches im Westen erreicht hat.

Wie froh und dankbar ist sie, wenn die Pfarrgeistlichkeit bei ihr hereinschaut, nicht nur, um ein paar Brötchen oder etwas Gebäck zu kaufen, sondern um mit ihr zu reden. Der Wallfahrtsbetrieb ist in den Kriegsjahren zwar erheblich eingeschränkt, doch es kommen immer noch Pilgerinnen und Pilger, manchmal ganze Gemeinden, die sich von der Muttergottes Hilfe erflehen. Gründe dafür gibt es viele. Väter und Brüder sind an der Front und stets in Gefahr, Familienmitglieder sind in den zunehmend bombardierten Städten ihres Lebens nicht mehr sicher. Da trösten die Worte der Pfarrer und Vikare, auch wenn sie nicht wissen, wie dieses Chaos enden wird.

Schon wieder liegt ein Zettel im Briefkasten: „Mach dich auf deinen Tod gefasst. So was wie dich brauchen wir nicht in unserem neuen Staat.“ Oder: „Sei froh, wenn deine Kinder heute Abend gesund nach Hause kommen. Die Messer sind gewetzt. Eines Tages wirst du sie beklagen.“

Solche Worte nimmt man nicht unbelastet hin. Sie verfolgen Maria bis in den Schlaf, den sie oftmals nicht findet.

Nachgeben? So tun, als ob man sich mit der Ideologie der Nazis verbündet? Nein, das geht nicht, das kann Maria nicht. Das wäre unchristlich und total gegen ihre Überzeugung. Im Grunde kann ihr auch die Geistlichkeit nicht helfen. Ermutigende Worte sind ja schön, sie helfen über das tiefste Loch hinweg, in das man fallen könnte. Und gute Ratschläge sind ihr willkommen, aber auch Ratschläge sind Schläge, und hier geht es um Entscheidungen, die Maria allein, ganz allein und für sich selbst treffen muss.

Die Verwandten kommen. Sie freuen sich, mit der Familie Wieners zu sprechen, eine Tasse Kaffee zu trinken und ein Stück Streuselkuchen zu essen, das Fritz, Marias Mann, auf das Herrlichste zelebriert. Wenn die Verwandten da sind und „Kävels Platt" sprechen, ist Maria in ihrem Element. Dann bringt sie es fertig, diese elende Nazi-Politik für Stunden zu vergessen. Sie ist im Grunde eine lustige und fromme Person, sie singt, sie spielt die Geige, sie lacht gern, aber die Bedrohungen, die an sie heranrücken, machen ihr das Leben immer schwerer. Sie hat Angst, nachdem man ihre Familie mit dem Tode bedroht hat, nachdem die Schikanen der Nazis immer griffiger werden. Parolen an die Bäckereitür zu schmieren, ist ja noch harmlos. Auch der Totenkopf an der Hauswand schreckt sie nicht. Aber der Dolch, der aufgespießte Kopf und die drohenden Worte sind Mühlsteine, die ihr am Hals hängen.

Die Söhne bitten verhalten, lass uns in die HJ eintreten. Der Friedrich von nebenan gehört inzwischen auch zum Jungvolk und ist hellauf begeistert, und Gustav, der Vetter, trommelt leidenschaftlich im Fanfarenclub. Das bringt doch Vorteile, dann wird niemand mehr wagen, vor das Schaufenster zu urinieren und die Reklametafel zu zerstören!

„Was habe ich gehört? Vorteile? Das glaubt ihr doch selbst nicht. Ich nehme von dieser Bande nichts an, und wenn sie mir einen Korb voll Gold vor die Tür stellt."

Die Mutter bleibt hart, ja stur und unbeweglich. Ein ausgeliehenes Blasinstrument dieser Hitler-Jugend muss sofort zurückgeben werden. Man kann doch einen Teig nicht so lange kneten, bis er seine Struktur verändert und nicht mehr ist, was er war.

Maria erntet für ihre entschiedene Haltung wenig Anerkennung. Diese Katholische! Will wohl mit ihrer Starrköpfigkeit durch die Wand! Im Stillen mag mancher ihren Mut bewundern, doch mit ihr darüber sprechen? Nein, das wagt niemand. Die wahre Gesinnung zu äußern, kann Schwierigkeiten nach sich ziehen. „Feind hört mit!" Das steht an den Fernsprechhäuschen und wird auf manchem Plakat den Menschen eingehämmert.

Maria kann die Predigt des Bischofs von Münster nicht vergessen, die er vor drei Jahren in der St.-Lamberti-Kirche gehalten und die die katholische Welt und darüber hinaus die besonnenen Menschen des Reiches erschüttert hat. Clemens August Graf von Galen weiß, was er tut. Dass er nun die gesamte Gefolgschaft des Nationalsozialismus gegen sich aufbringt und dass er um sein eigenes Leben fürchten muss.

Maria hat sich diese Predigt einverleibt. Vor allem, seit eines ihrer Kinder folgende Schulaufgabe zu lösen hat: „30000 Geisteskranke, Epileptiker usw. werden in deutschen Anstalten gepflegt", heißt die Aufgabe. „Was kosten diese jährlich insgesamt bei einem Tagessatz von vier Reichsmark? Wie viele Ehestanddarlehen zu je 1000 Reichsmark könnten von diesem Geld jährlich ausgegeben werden?"

Die Worte des Bischofs sind Hammerschläge gegen die Euthanasie. „Seit einigen Monaten“, so sagt er, „hören wir Berichte, dass aus Heil- und Pflegeanstalten für Geisteskranke auf Anordnung von Berlin Pfleglinge, die schon länger krank sind und vielleicht unheilbar erscheinen, zwangsweise abgeführt werden. Regelmäßig erhalten dann die Angehörigen nach kurzer Zeit die Mitteilung, der Kranke sei verstorben, die Leiche sei verbrannt, die Asche könne abgeliefert werden. Allgemein herrscht der an Sicherheit grenzende Verdacht, dass diese zahlreichen unerwarteten Todesfälle von Geisteskranken nicht von selbst eintreten, sondern absichtlich herbeigeführt werden, dass man dabei jener Lehre folgt, die behauptet, man dürfe so genannt lebensunwertes Leben vernichten, also unschuldige Menschen töten, wenn man meint, ihr Leben sei für Volk und Staat nichts mehr wert. Eine furchtbare Lehre, die die Ermordung Unschuldiger rechtfertigen will, die gewaltsame Tötung der nicht mehr arbeitsfähigen Invaliden, Krüppel, unheilbar Kranken, Altersschwachen grundsätzlich freigibt …

Deutsche Männer und Frauen! Noch hat Gesetzeskraft der §211 des Reichsstrafgesetzbuches, der bestimmt: ‚Wer vorsätzlich einen Menschen tötet, wird, wenn er die Tötung mit Überlegung ausgeführt hat, wegen Mordes mit dem Tode bestraft.‘ Wohl um diejenigen, die jene armen Menschen, Angehörige unserer Familien, vorsätzlich töten, vor dieser gesetzlichen Bestrafung zu bewahren, werden die zur Tötung bestimmten Kranken aus der Heimat abtransportiert in eine entfernte Anstalt. Als Todesursache wird dann irgendeine Krankheit angegeben. Da die Leiche sofort verbrannt wird, können die Angehörigen und auch die Kriminalpolizei hinterher nicht mehr feststellen, ob die Krankheit wirklich vorgelegen hat und welche Todesursache vorlag. Es ist mir aber versichert worden, dass man im Reichsministerium des Innern und auf der Dienststelle des Reichsärzteführers Dr. Conti gar keinen Hehl daraus mache, dass tatsächlich schon eine große Zahl von Geisteskranken in Deutschland vorsätzlich getötet worden ist und in Zukunft getötet werden soll …

So müssen wir damit rechnen, dass die armen, wehrlosen Kranken über kurz oder lang umgebracht werden. Warum? Nicht, weil sie ein todeswürdiges Verbrechen begangen haben! Nicht etwa, weil sie ihren Wärter oder Pfleger angegriffen haben … Nein, nicht aus solchen Gründen müssen jene unglücklichen Kranken sterben, sondern darum, weil sie nach dem Urteil irgendeines Amtes, nach dem Gutachten irgendeiner Kommission lebensunwert geworden sind … Arme Menschen, kranke Menschen, unproduktive Menschen meinetwegen. Aber haben sie damit das Recht auf das Leben verwirkt? Hast du, habe ich nur so lange das Recht zu leben, solange wir produktiv sind, solange wir von anderen als produktiv anerkannt werden …?“

Die Predigt tut ihre Wirkung. Sie wird in ganz Deutschland bekannt, auch von evangelischen Kanzeln verlesen. Sekretärinnen vervielfältigen sie, Durchschläge werden unter der Hand weitergereicht, in Zügen finden Fahrgäste die Texte auf den Plätzen. Die Menschen erfahren nicht, welche Aufregung in Hitlers Staatskanzlei herrscht. Den Bischof verhaften? Nein, dann bringt man die Katholiken gegen sich auf. Im Krieg, so beschließt die NS-Führung, will sie keine Märtyrer schaffen. Die Abrechnung soll nach dem Endsieg erfolgen …

Wehrlose Menschen. Noch ahnt Maria nicht, dass sie ein ähnliches Schicksal erleiden wird.

Ist diese Welt denn ganz verrückt geworden? Da reimt eine Diakonisse aus Kaiserswerth ein menschenverachtendes Werk zusammen:

„Die braunen Kolonnen marschieren durchs Land,
zum Treuschwur erhoben die rechte Hand,
wir wollen nicht ruhen, nicht rasten mehr,
bis wieder leuchtet die deutsche Ehr,
Sieg-Heil!

Das Hakenkreuzbanner weht stolz voran,
Neu-Deutschland, wir bauen dich – Mann für Mann;
Das undeutsche Wesen zur Türe hinaus,
wir kehren mit eisernem Besen das Haus!
Sieg-Heil!

Und treu bis zum letzten Mann fürwahr
ist Adolf Hitlers kerndeutsche Schar,
sie lacht der Verfolgung, sie tötet kein Tod,
„Für Deutschland das Leben“ – so heißt das Gebot.
Sieg-Heil!

Ist es denn wahr, dass der Osnabrücker Bischof Berning einige Konzentrationslager seiner Diözese besucht, die Gefangenen zu Gehorsam und Treue zum Staat und Volk ermahnt und sich mit einem dreifachen Sieg-Heil verabschiedet hat? Warum läuten die Kirchenglocken, wenn Hitler seine Expansionspolitik auf die Spitze treibt? Da müsste Maria mit ihrem Widerstand gegen das Dritte Reich doch einlenken, wenn sie die Kirche in der Nähe seiner Vertreter wähnt. Sie tut es nicht. Auch nicht, als der Trierer Bischof Bornewasser sich bereit erklärt, dem neuen Reich „mit dem Einsatz aller Kräfte unseres Leibes und unserer Seele“ zu dienen.

„Weshalb treibt sich ihr Mann, dieser Fritz, eigentlich immer noch in der Backstube herum? Ist er ein Drückeberger, der nicht zum Militär will?“

Gleichaltrige Männer stehen an den Fronten und kämpfen, halten den Kopf hin, wie es sich für Angehörige des Großdeutschen Reiches gehört. Und er? Die ganz Linientreuen schimpfen nicht nur, sie informieren auch die Behörden, die den Zuständen eifrig nachgehen.

„Und wer versorgt die umliegenden Kasernen und Fliegerhorste mit Brot? Sollen die etwa verhungern?“

Eine Weile hält diese Erklärung noch vor, doch dann erreicht auch Fritz Wieners der Gestellungsbefehl. Für Maria wird die Luft dünn. Wie soll sie das tägliche Arbeitspensum schaffen? Die alten Eltern im Haus, fünf unmündige Kinder um sich, die Bäckerei mit dem Verkaufsraum, in dem sie von morgens bis abends ihren Pflichten nachkommt. Das Café, die Pilger-Gaststätte „Gasthaus Zum hl. Joseph“ wird zwar jetzt wenig besucht, aber vereinzelte Wallfahrer gibt es immer.

Die Gestapo erscheint, macht Druck, droht, man werde diese oppositionelle Haltung nicht länger hinnehmen. Vom Konzentrationslager ist die Rede, von Sippenhaft, von dem Entzug der Kinder, die ohne die Errungenschaften des Nationalsozialismus lebensfremd aufwachsen müssten.

Tante Eti, die Schwester Marias, kommt, um mitzuhelfen, denn allein ist der Arbeitsaufwand nicht zu schaffen. „Wenn du so weitermachst, bist du bald reif für die Klapsmühle. Die Nazis lassen dich nicht in Ruhe, und sie sitzen am längeren Hebel, glaub mir das.“

Tante Eti heißt eigentlich Margarete. Sie kommt am 20. April 1916 zur Welt, gibt kein Lebenszeichen von sich und empfängt die Nottaufe. Der Cognac, mit dem die Hebamme das zierliche Wesen einreibt, weckt die Lebensgeister und das achte Kind seiner Eltern schreit alle Familienangehörigen zusammen. Da ihr ältester Neffe Adolf den Namen Margarete als Kleinkind nicht aussprechen kann, bleibt sie für ihr ganzes Leben am Namen Eti hängen.

Gott Dank ist Bernadette, die Hausangestellte, noch da. Die fängt manches auf.

Tante Eti sollte Recht behalten. Die ständigen Drohungen der Geheimen Staatspolizei lassen Maria zu einem Nervenbündel werden. Männer in Ledermänteln versetzen Maria Wieners in Angstzustände, sie zittert, weint, schreit nachts in Alpträumen. Tante Eti ist oft übermüdet, findet nur kurzen Schlaf, weil Maria rumort. Doch einmal ist sie fest eingeschlafen und bekommt nicht mit, dass ihre Schwester das gemeinsame Schlafzimmer verlässt. Eti sucht sie überall im Haus, in der nächtlichen, verdunkelten Straße. Sie läuft im Ort umher, ruft. Schließlich findet sie Maria, weinend, aufgelöst, nur mit dem Nachthemd bekleidet auf dem Fahrrad. „Wo willst du denn hin?“ Maria schluchzt: „Ich muss Fritz suchen. Er ist nicht mehr da.“

„So kann es mit dir nicht weitergehen“, entscheidet die Schwester schließlich. „Du brauchst einen guten Arzt.“

Ein guter Arzt? Es herrscht Krieg. Der Luftraum über dem Niederrhein ist schon lange nicht mehr sicher. Auch bei Tage tragen die Bomberverbände ihre tödliche Last weit ins Reich. Die Großstädte versinken in Schutt und Asche. „Das ist die Vorbereitung für den Einmarsch in Deutschland“, heißt es hinter vorgehaltener Hand, wenn Goch, Weeze, Kleve, Altkalkar, Xanten oder Kevelaer Ziele der Angriffe sind. Die Grenze zu den Niederlanden ist nah. Was sich in Frankreich mit den deutschen Armeen ereignet hat, weiß man seit der Invasion am 6. Juni 1944 in der Normandie. Aber es hilft alles nichts: Maria muss in die Psychiatrie im St. Josephshaus in Neuss. Ob es ihr dort besser geht?

Fritz Wieners kommt zu einem Kurzurlaub heim. Er ist bleich und kurzatmig, die Augen flimmern, die Kinder begrüßen ihn scheu, denn er macht keine Späße mit ihnen. Die Front, die Familie, der Betrieb. Das sind Berge, über die es keinen Weg gibt. Der besorgte Hausarzt nimmt ihn für einen empfehlenden Rat beiseite.

„Herr Wieners, ich habe Ihre Frau eine Weile behandelt und genau beobachtet. Ich kann ihr mit meinen Mitteln nicht helfen, und ich weiß auch nicht, ob ihr in der Klinik tatsächlich geholfen werden kann. Ihre Frau muss sich ablenken, sie muss aus dem dunklen Loch heraus. Angenommen, sie würde nochmal ein Kind bekommen, ich glaube, dass sie dadurch einen neuen Lebensmittelpunkt bekäme und abgelenkt wäre. Wie gesagt, das ist meine Einschätzung der Lage.“

„Ein weiteres Kind? Und das jetzt, in der Kriegszeit? Ich weiß nicht, Herr Doktor.“

„Ja, ich habe keine andere Lösung. Den Schritt kann ich Ihnen nicht abnehmen, so gern ich es täte.“

Fritz Wieners kann sich auf Anhieb nicht entscheiden. Doch wenn seine Frau dadurch Hilfe erfährt?

Die kleine Elisabeth wird am 13. Februar 1944 im Marien-Hospital geboren. Aber die Rechnung des Arztes geht nicht auf. Die Mutter kommt sogleich wieder in stationäre Obhut nach Neuss. Tante Eti schreibt an den leitenden Arzt in Neuss und bekommt am 2. Oktober zur Antwort: „Auf Ihre Anfrage vom 24. September 44 teile ich Ihnen mit, dass es Ihrer Schwester, Frau Maria Wieners, augenblicklich seelisch wie körperlich nicht gut geht. Sie verweigert schon seit einigen Tagen die Nahrung, ist motorisch sehr erregt, magert stark ab und kann nur mit Medikamenten ruhig gehalten werden."

Zeit ihres Lebens leidet Elisabeth darunter, dass sie den Gesundheitszustand ihrer Mutter nicht hat verbessern können.

Schwester Margarete besucht ihre Schwester allwöchentlich in Neuss, mal mit den Kindern, mal allein, je nach ihrem Zustand.

Die Front rückt näher. Viele Menschen haben die Heimat bereits verlassen, andere planen den Umzug nach Mitteldeutschland, wo sie sich relativ sicher fühlen. Bei Rees entsteht ein Arbeitslager in der ehemaligen Ziegelei Goin, wo Männer aus den grenznahen Städten der Niederlande zu Schanzarbeiten für Verteidigungsanlagen verpflichtet werden. Das Klima ist rau wie in allen Konzentrationslagern. Die Lageraufseher regieren mit bekannter Härte.

„Wir müssen hier weg", bestimmt Tante Eti. „Besser in Mitteldeutschland, im Gau Magdeburg, eine Bleibe finden, als hier totgebombt zu werden."

Sieben Monate ist Elisabeth jetzt alt. Der erste Frühling in dem jungen Leben liegt hinter ihr. Er schmückt das Land mit frischen Knospen. Schneeglöckchen und Krokusse haben ihn angekündigt. Bald duften die Osterglocken und Maiglöckchen. Auch ein unsicherer Sommer, obgleich er trotz des Krieges seinen Rhythmus nicht ändert, entfaltet Wärme und Schönheit. Doch wer hat einen Blick für das alljährliche Wunder der Natur?

Das Jahr gleitet durch bedrohliche Monate. Am 4. Oktober 1944 wird die Evakuierung vorbereitet. Viel kann man nicht mitnehmen, denn die Zeit in der unbekannten Fremde wird hoffentlich begrenzt sein. Doch ein paar Koffer werden gepackt. Mit der 28-jährigen Tante Eti und deren vier Jahre alten Sohn Wilfried reisen die Geschwister Brigitte und Elisabeth nach Tangerhütte-Bittkau in Sachsen-Anhalt. Das ist ein Straßendorf am linken Hochufer der Elbe zwischen Magdeburg und Stendal in einer flachen waldreichen Gegend, in der sie nach langer Odyssee durch den Beschuss von Bordkanonen und Granaten ankommen und unterschiedlichen Familien zugewiesen werden.

Die Hausangestellte Bernadette nimmt zwei Brüder der Familie Wieners, Helmut und Hubert, im Alter von vier und acht Jahren mit auf ihren elterlichen Hof in Kervenheim, das zusammen mit Kervendonk eine Ortschaft der Stadt Kevelaer bildet.

Bei einem Bombenangriff am 25. November 1944 wird der Ostflügel der St.-Josef-Anstalt in Neuss zerstört. Es gibt elf Tote. Die überlebenden Patienten werden heimgeschickt. Maria Wieners kehrt auf einem Kohlewagen nach Kevelaer zurück. Zu Hause kann sie nicht bleiben, da ist niemand, der sie versorgen könnte. Sie muss ihrer Schwester Eti und ihren Kindern nachreisen.

Ihre beiden ältesten Söhne, inzwischen fünfzehn und zwölf Jahre alt, machen sich mit ihrer Mutter und Onkel Augustin, der zu den Steyler Missionaren gehört und jetzt als Sanitäter arbeitet, kurz nach dem Räumungsbeschluss der Stadt Kevelaer vom 25. November 1944 auf den Weg nach Mitteldeutschland. Auf dem Tender der Lok steht: „Räder müssen rollen für den Sieg!“ Doch je mehr die einst weiße

Aufschrift verblasst, umso weniger Menschen glauben an diese Botschaft.

Der Zug gerät unterwegs in einen Angriff feindlicher Jäger. Als der Zug Osnabrück erreicht, steht der Bahnhof in Flammen. Die Aufregung ist groß. Die Kinder weinen, andere Mitreisende machen durch ihr Gejammer und Geschrei die Ängste noch größer.

Die Fahrt geht schließlich weiter, aber die aufgeregte Maria ist nicht zu beruhigen. In der allgemeinen Panik erleidet sie einen weiteren schweren Nervenzusammenbruch. Sie ist kaum ansprechbar, so fest umklammern die Klauen der Krankheit ihr Bewusstsein. Besänftigende Worte helfen schon gar nicht. Vielleicht könnte eine Injektion Abhilfe schaffen. Doch eine Beruhigungsspritze ist im Zug nicht vorhanden.

Bruder Augustin bringt es fertig, den Zugführer zum Halt auf freier Strecke zwischen Gardelegen und Stendal in der Altmark zu bewegen. Die Lok bremst in der Nähe von Uchtspringe. „Ich schaffe eure Mutter ins nächste Krankenhaus!" Das Hospital ist nicht weit von der Bahnstrecke entfernt. Uchtspringe: eine Ortschaft und ein Ortsteil der Hansestadt Stendal im gleichnamigen Landkreis in Sachsen-Anhalt. Maria wird im Haus 6b untergebracht.

Als Onkel Augustin zurückkommt, ist sein Gesicht bleich. „Ihr müsst Maria so schnell wie möglich da wegholen, das ist ein schreckliches Haus."

Mehr weiß oder sagt er zu diesem Zeitpunkt nicht. Es ist der 8. Dezember 1944.

Was tut sich in diesen Tagen im Westen? Hitler verfolgt das Ziel, wie im Frühjahr 1940 das dicht bewaldete Gebiet der Ardennen für seine Angriffsstrategie zu nutzen. Infanteriedivisionen, die dringend an der Ostfront benötigt würden, zieht er aus den Kampfgebieten ab und setzt sie im Westen gegen die vorrückenden Alliierten ein. Am 16. Dezember 1944 startet die Ardennenoffensive mit 200.000 Soldaten, denen in diesem Frontabschnitt kaum 80.000 Amerikaner gegenüberstehen. Die Tage sind neblig, das Wetter zu schlecht, um die Luftüberlegenheit amerikanischer und englischer Flugzeugverbände wirksam werden zu lassen.

Die sechste SS-Panzerarmee verfügt über zahlreiche moderne Kampfpanzer vom Typ „Panther". Sie kommt im Nordabschnitt der Offensivfront allerdings nur langsam vorwärts. Am 21. Dezember gelingt die Einnahme von Saint-Vith. Dagegen kann die fünfte Panzerarmee im Süden schnell Richtung Maas vorstoßen, doch gelingt ihr das angestrebte Etappenziel – die Überquerung des Flusses – nicht. Die Amerikaner verlegen darauf zahlreiche Truppen in die Ardennen und brechen den deutschen Vormarsch, dem es an Nachschub fehlt. Bis zum 27. Dezember kann die Wehrmacht die Landgewinne noch halten, am 16. Januar 1945 ist die Offensive gescheitert.

Das Schicksal seiner Schwester lässt Pater Augustin nicht ruhen. Schon am 13. Dezember schreibt er von Würzburg nach Uchtspringe: „Sehr geehrter Herr Direktor! Am 8. Dezember 44 habe ich meine Schwester, Frau Maria Wieners, in die dortige Anstalt gebracht. Sie ist Mutter von sechs unmündigen Kindern. Ihr Mann liegt im Lazarett Gottleuba.

Es war mir nicht leicht, meine Schwester in der Fremde unbekannten Menschen anzuvertrauen. Ich hoffe aber, dass Sie Ihr Bestes tun werden, einer Soldatenfrau von sechs Kindern, deren vier Brüder an der Front sind, wieder zu ihrer Gesundheit zu verhelfen, die ihr durch die Verhältnisse geraubt wurde. Ihren Mann und ebenfalls unsere Eltern habe ich telefonisch benachrichtigt. Vor Jahresschluss hoffe ich meine Schwester noch besuchen zu können."

Tante Eti und die Kinder haben sich inzwischen in der fremden Umgebung eingelebt. Ursprünglich sollten sie durch die NSDAP auf verschiedene Häuser verteilt werden, doch alle wollen zusammenbleiben und kommen schließlich nach heftigen Diskussionen in einem einzigen Raum unter. Jetzt wird die Belegschaft noch größer: sieben Personen, zwei Betten, zwei Stühle, eine Kinderwiege mit der kleinen Elisabeth. Später kommt noch Maria Wieners hinzu, denn niemand möchte sie nach Bruder Augustins Warnung in dem Krankenhaus lassen. Er muss wieder zum Militär, kann nicht bleiben.

Schwester Margarete schafft es nach erheblichen Schwierigkeiten, ihre Schwester aus der Klinik zu „befreien".

Eine Toilette in der Notunterkunft in Bittkau gibt es nicht. Dafür stehen zwei Eimer zur Verfügung, einer für das „große", der andere für das „kleine" Geschäft, die hinter dem Haus entleert werden. Ein weiteres Gefäß nimmt den Wasservorrat auf.

Die beiden großen Brüder schlafen beim Lehrer. Sie versuchen, Essbares aufzutreiben. Sie stöbern in der Gegend herum, kommen eines Tages tatsächlich mit einem Hasen heim.

„Mein Gott, wo habt ihr den denn geklaut?"

„Er ist uns nachgelaufen."

Bittkau, der Evakuierungsort für die Familie W. an der Elbe.

„Ach, so will er bei uns wohl in der Pfanne landen?"

In diesen Tages des Krieges, der inzwischen ganz Deutschland erfasst, und der zu einer wahren Völkerwanderung auf der Suche nach Unterschlupf und Sicherheit wird, fragt man nicht so genau, woher was stammt. Die sonst empfindliche Haut des strengen Gewissens ist dick wie ein Waschbrett geworden. Was man nicht weiß, macht einen nicht heiß. Die Freude über den Braten ist groß.

Die bescheidene Unterkunft liegt vor dem Deich an der Elbe. Dort macht eines Tages ein Frachtschiff fest. Die Besatzung geht von Bord. Kommt sie noch einmal zurück? Es sieht nicht so aus. In diesen Tagen löst sich die Ordnung gesellschaftlichen Zusammenlebens zerfallsartig auf. Die feindlichen Bombenangriffe auf die Großstädte nehmen nicht ab. Chaos gehört zum Alltag. Die Jungen inspizieren den verlassenen Frachter und machen eine glorreiche Entdeckung: Winterjacken! Dosen mit Fleisch! Das Schiff ist ja wie ein Stück Schlaraffenland!

Jetzt fragt niemand mehr, woher die Sachen stammen. Jetzt sieht man nur den Segen, den die Jungen ins Notquartier bringen. Man wird sich noch auf eine längere Verweildauer einstellen müssen. Denn wenn die Zeit der Evakuierung aus dem Westen auch vorbei sein sollte, wie soll man die Heimat erreichen? Züge fahren nicht mehr; die Strecken sind zerbombt. In Mitteldeutschland stehen sich russische und alliierte Truppen gegenüber.

Der älteste Bruder, der daheim bereits das Bäckerhandwerk erlernt hat, findet eine Anstellung und kommt gelegentlich mit einem Laib Brot in die Notunterkunft. Dort schiebt man es unter ein Bett, um es zu härten. Es soll nicht so schnell verzehrt werden und muss ja für viele hungrige Mäuler reichen.

Maria Wieners hält die Belastung durch so viele Personen in einem Raum nicht aus. Die nicht verheilte Nervenkrankheit gewinnt wieder die Oberhand über sie. Sie ist abgemagert, verkörpert nur noch einen Schein ihrer früheren Schönheit mit dem weichen Mund, den lustigen Augen und dem krausen Haar, von dem ihr eine Locke in die Stirn fällt. Muss sie zurück in das verrufene Krankenhaus?

Der Bürgermeister von Bittkau schickt Männer aus der Nachbarschaft zur Unterstützung, eine Diakonisse kommt stundenweise. Die drei größeren Kinder müssen zur Schule, die Kleinen bleiben bei Tante Eti.

Maria ist bettlägerig. Sie ist unruhig, will nach Hause, macht die Nächte zum Tag. Einmal tritt sie, sich aufbäumend, mit beiden Beinen vom Bett aus in die Fensterscheibe und erleidet eine erhebliche Schnittwunde.

Am Abend dieses Tages trifft Pater Augustin Gott Dank zu einem Kurzurlaub aus Würzburg ein, erkennt die schwierige Lage und spricht beim Bürgermeister vor.

„Ich sehe, meine Schwester Margarete ist am Ende. Sie hält nicht durch. Und meine Schwester Maria kann nicht unbeaufsichtigt bleiben. Dazu die Sorge um die tägliche Verpflegung. Es muss etwas geschehen."

„Geschehen? Was soll denn jetzt geschehen? Bedenken Sie doch die kriegerische Lage. Es wagt sich ja kaum noch jemand aus dem Haus aus Angst vor den Tieffliegern."

„Es muss doch eine Lösung geben!"

„Die Krankenhäuser in Magdeburg sind zerstört. Viele Patienten werden von dort nach Uchtspringe verlegt. Es ist die einzige noch einigermaßen funktionierende Klinik weit und breit."

Am Ende fährt der Bürgermeister selbst, begleitet von Pater Augustin und der Caritasschwester Luise, in die 60 Kilometer entfernte Nervenanstalt in Uchtspringe. Maria hat gehofft, ihren Mann wiederzusehen. Da er nicht gekommen ist, bricht sie innerlich noch mehr zusammen. Es gibt kein anderes Krankenhaus, in dem man sie unterbringen könnte. Böse Ahnungen wecken die Worte von Onkel Augustin: „Es ist ein schreckliches Haus!"

Tante Eti lässt die Ungewissheit über den Zustand ihrer Schwester nicht ruhen. Am 12. Dezember 1944 hat sie sich bereits in einem Brief an den Direktor der Klinik in Uchtspringe gewandt, worauf Maria über Weihnachten zu ihren Angehörigen entlassen wurde.

Am 17. Januar 1945 schreibt sie von Bittkau an die „Sehr geehrte, liebe Frau Doktor! Ich möchte mich hiermit mal nach dem Befinden meiner kranken Schwester, Frau Maria Wieners, erkundigen. Es tat mir so furchtbar leid, dass es nun doch wieder so kommen musste. Denn in den ersten acht Tagen fühlte sich meine Schwester so wohl und so gut bei mir und den Kindern. Der erste Anlass zu neuem Grübeln war ein Schreiben ihres Mannes, der wegen eines Geschwürs am amputierten Bein nicht kommen konnte, und so sehr wir uns bemühten, sie abzulenken und aufzuheitern – es war vergebens, denn plötzlich sorgte sie sich so sehr um die beiden kleinen Jungen, die am Niederrhein bei Verwandten sind, und die enge Stube hier wurde ihr zur Qual. Dazu kam, dass die beiden großen Jungen, die bis dahin beim Lehrer in Kost und Logis waren, nun zu uns zurückgeschickt wurden mit der Begründung, es sei ihnen zu viel Arbeit (die Tagesverpflegung), und so waren wir tagsüber immer zu sieben Personen hier auf der Stube. Auch unsere Hausleute machten darob große Schwierigkeiten und verlangten Trennung der beiden Familien, also dass meine Schwester mit den Kindern einen eigenen Haushalt führen sollte, wozu sie ja noch gar nicht imstande war. So kam das eine zum anderen und ihre Nerven versagten dann ganz."

Nach 13 Tagen Klinikaufenthalt bringt die Frau des Lehrers von Bittkau Tante Eti ein Telegramm in die Deichstraße 31 mit der Nachricht: „Maria Wieners verstorben an akuter Psychose – Phlegmone* re. Bein, gez. Frau B".

Der Beerdigungstermin ist auf den 25. Januar 1945 festgelegt.

Maria ist 39 Jahre alt geworden.

Es ist, als ob der Winter in seiner eigenen Kälte erstarrt, so hart und eisig ist diese Nachricht, die niemand begreifen will. Die Kinder brechen in Tränen aus, für den Tod ihrer Mutter gibt es keine andere Erwiderung. Elisabeth begreift noch nicht, was geschehen ist. Tante Eti hält sich mühsam an der Stuhllehne fest, sonst würde sie zusammenbrechen. Draußen krächzen die Raben über den verschneiten Wiesen, als würden sie in die Trauer einstimmen und das Leid der kleinen Familie mit beklagen.

„Wir müssen euren Vater benachrichtigen", schluchzt Tante Eti. Fritz Wieners ist von einem Fliegergeschoss schwer verwundet worden und befindet sich im Lazarett. Als er in einem fahrenden Zug bei Dresden einem Kollegen den Sitzplatz anbietet und aufgestanden ist, trifft ihn die Maschinengarbe aus einer Bordkanone. Das rechte Bein ist verloren, das linke durchschossen.

Fritz Wieners kommt trotz dieser Verstümmlungen, ohne Mantel, frierend, mit seinen drei Ältesten und mit Tante Eti bei heftigem Schneetreiben nach Uchtspringe. Mit blutenden Beinstümpfen erscheint er auf abgenutzten Unterarm-

* *Phlegmone: durch Bakterien verursachte, meist eitrige Erkrankung des Bindegewebes.*

stützen zum Begräbnis. Die Fahrt haben sie auf dem Tender einer Lok, auf Kohlen hockend, angetreten.

„Was wollen Sie hier?“, herrscht eine Aufsichtsperson die kleine Trauergemeinde an.

Tante Eti zeigt das Telegramm.

„Beerdigung? Die hat schon stattgefunden!“

„Dann verlange ich, den leitenden Direktor zu sprechen.“

„Der ist unabkömmlich. Den können Sie nicht sprechen.“

„Dann möchte ich eine Todesbescheinigung mit der Todesursache.“

Die Luft in dem Raum ist stickig von den messerscharfen Worten. Eins ergibt das andere.

Ein Wärter erhält die Grabnummer und den Auftrag, die kleine Gruppe ans Grab der Toten zu führen. Es schneit noch immer, es ist hundekalt. Bei dem Schneegestöber kann der Mann das Grab nicht gleich finden. Es ist ein schmerzlicher Gang über das Friedhofsgelände.

Was werden die einzelnen Personen gedacht haben? Fritz Wieners, beinamputiert, vor Kälte schlotternd, plötzlich mit dem Tod seiner Frau konfrontiert. Die Kinder, die ihre Mutter auf unerklärliche Weise verloren haben.

Zurück zum Büro des Krankenhauses. Der Wärter ist inzwischen verschwunden. Tante Eti verlangt energisch einen Bericht über die Todesursache ihrer Schwester, sie müsse der Familie Bericht erstatten. Angesichts des vor Kälte zitternden Schwagers und seiner traurigen Kinder tritt die Tante wohl zu fordernd auf. Der Leiter des Büros wird ungehalten, laut und frech, er macht ein Zeichen auf dem Papier und übergibt es einem Aufseher. Der zieht Tante Eti schnell rückwärts aus dem Raum.

„Verschwinden Sie, machen Sie schnell. Laufen Sie hier an der Hecke entlang, dann kommen Sie zum Bahnhof. Ihre Begleiter schicke ich Ihnen sofort nach.“

Tante Eti läuft was sie kann. Sie und ihre Lieben haben auf dem Weg zum Friedhof schon genug gesehen. Viermal nacheinander tragen Wärter in Papiertücher eingewickelte Leichen zu den Gräbern. Was zunächst unerklärlich ist, wird bald zur Gewissheit: Das Krankenhaus ist eine versteckte Euthanasieanstalt. Lässt man auf der Station, auf der Maria untergebracht ist, die Menschen verhungern oder tötet man sie durch eine Spritze? Die Toten werden in ein Papiertuch gepackt und in eine Grube gesenkt. Ist auch Maria auf diese Weise ums Leben gekommen?

Die Heimfahrt nach Bittkau wird noch beschwerlicher. Es ist Abend und kalt. Auf den Schulbänken in einem ungeheizten Schulraum in Tangerhütte verbringen sie die Nacht. Am Morgen nimmt ein holpriger Milchkarren sie auf der Weiterreise nach Bittkau auf.

Was ist das kleine Schicksal eines einzelnen Menschen im Gegensatz zu den vielen Schicksalen im Lande ringsum.? Und doch bestimmen Marias Tod und die Umstände, die dazu geführt haben, die Gedankenwelt ihrer nächsten Verwandten. Inzwischen hat ein Großangriff der Royal Air Force 90 Prozent der Altstadt von Magdeburg in Schutt und Asche gelegt. Am 13. und 14. Februar trifft es Dresden. Der Feuersturm zieht unzählige Menschen wie aufgewirbeltes Papier in seinen Bann und verbrennt sie bei lebendigem Leibe. Bald folgen großflächige Verwüstungen von Chemnitz und Dessau. Was bleibt von den Städten Nordhausen,

Plauen, Halberstadt und Zerbst? Was von Halle, Gotha, Gera, Jena, Schmalkalden und Weimar, dem Herzstück der deutschen Kultur?

Nach der gescheiterten Ardennenoffensive ist es Briten und Amerikanern ein Leichtes, im Februar 1945 von Belgien aus mit B26-Bombern vom Typ „Marauder" – Rumtreiber – Mitteldeutschland zu erreichen. Bald ist das westliche Rheinufer besetzt. Und dennoch bastelt die deutsche Industrie auf Teufel komm raus an kriegswichtigen Gütern für den „Endsieg": Schwelereien, Betriebsanlagen zur Kohleveredlung, und Hydrierwerke produzieren aus Braunkohle Treibstoffe für Heer und Luftwaffe, die Buna-Werke in Schkopau im heutigen Saalekreis in Sachsen-Anhalt stellen Kautschuk für Reifen her, Magdeburg und Plauen bauen Panzer, Dresden Sturmgeschütze. Dessau verlegt sich auf den Flugzeugbau, aus Leipzig kommen Flugzeugmotoren. In Jena ist Carl Zeiss auf Zieloptiken und Nachtsichtgeräte spezialisiert, Suhl besitzt ein Waffenwerk für Karabiner und Maschinengewehre. Stahlhelme kommen aus Thale. Ein gewaltiger Sperrgürtel aus tausend Flugabwehr-Geschützen sichert den Industrieraum Leipzig-Halle-Bitterfeld. Nicht umsonst heißt er bei feindlichen Fliegern „Flakhölle".

Am 17. Februar 1945 antwortet die Assistenzärztin Dr. Gr. B. auf ein Schreiben von Tante Eti: „Zur Zeit des Ablebens Ihrer Schwester war ich leider selbst krank, sodass Sie deshalb keine genaue Auskunft bekommen konnten in ärztlicher Hinsicht. Der seelische Zustand war dieses Mal bis zuletzt derselbe wie bei ihrer Einlieferung. Sie war unruhig und ängstlich, war durch nichts zu beruhigen. Die

Schnittwunde wurde chirurgisch versorgt. Leider kam es trotz schonender Pflege zur Wundinfektion, die bei unruhigen Kranken nichts Seltenes ist. Es trat dann hohes Fieber ein und Ihre Schwester ist zuletzt ruhig eingeschlafen. Nach ihrer Familie hat sie nicht gefragt, hat sich auch nie sinngemäß auf eine Unterhaltung eingestellt. Es muss für Ihren Schwager ein Trost sein, dass es sich um eine periodisch auftretende Geistesstörung bei seiner Frau gehandelt hat, die zu jeder Zeit wieder in Erscheinung treten konnte. Dass die Unruhe der heutigen Zeit dabei auslösend gewirkt hat, ist anzunehmen. Diese Kranken können nur in einer ruhigen Umgebung leben, die ein seelisches Gleichmaß gewährleistet.

Ihre Schwester wurde im Grab Nr. 5987 beigesetzt."

Niemand wirft in diesen Tagen einen Blick auf die Schönheiten der Stadt Tangerhütte am Fluss Tanger, der der Stadt den Namen gab. Auf der Bahnstrecke Magdeburg – Stendal – Wittenberge fährt kaum noch, bestenfalls nachts, ein Zug. Die Gleise liegen im Kreuzfeuer der Tiefflieger, die wie unbemerkt vom Himmel herabstürzen und im Tiefflug alles aufs Korn nehmen, was sich bewegt. Im Westen erstreckt sich die Colbitz-Letzlinger Heide, im Osten die Elbauenlandschaft. Landschaftsmaler fänden hier die schönsten Motive, wäre nicht der Krieg, der die Idylle zerschlägt. In Friedenszeiten wäre der sandig-trockene Boden der Geest das klassische Anbaugebiet für Spargel. Von Ende April bis Johanni bieten die Gastronomiebetriebe der Altmark ihn in Friedenszeiten in vielen köstlichen Variationen an.

Es fehlt auch die Zeit, den Stadtpark von Tangerhütte, eine der schönsten Anlagen seiner Art, in diesen Tagen zu genießen. 1872 hat Franz Wagenführ das zwölf Hektar große Gelände im englischen und französischen Gartenstil angelegt. Sein weltbekannter gusseiserner Pavillon errang 1889 auf der Pariser Weltausstellung eine Goldmedaille.

Wer hat in dieser Zeit die Ruhe, das Buddelschiff-Museum und das neue Schloss zu besuchen? Jetzt ist die ländliche Ruhe längst dahin.

„Was ist das für ein Geräusch? Es hört sich an wie tausend wild gewordene Hummeln." So hat Tante Eti einmal gefragt, und wird bald eines anderen belehrt. Es sind feindliche Flugzeuge, die ihre tödliche Last immer öfter gegen Berlin transportieren. Doch eines ist jetzt anders. Die Bevölkerung wird, um die Siegesgewissheit zu stärken, belehrt, dass nun das „Sonderkommando Elbe" zum Einsatz kommt. Was nicht so deutlich gesagt wird: Es handelt sich um ein Rammkommando freiwilliger Piloten gegen alliierte Bomber. 184 Jagdflugzeuge vom Typ Messerschmitt Bf 100 stehen bereit. Vom Feldflugplatz Gardelegen und von Stendal aus sollen sie sich den überlegenen Feindverbänden entgegenwerfen. Trotz gewisser Erfolge ist es ein unsinniges Kommando. Was sollen die 30 ausgewählten Piloten gegen 1.300 US-amerikanische Bomber und sieben- bis achthundert Jagdflugzeuge ausrichten, die am 7. April 1945 die Reichshauptstadt angreifen?

Fritz Wieners kann die Rückkehr ins Lazarett in Bad Gottleuba zwischen Osterz- und Elbsandsteingebirge nicht mehr antreten. Der russische Vormarsch verhindert es. Mag die Landschaft in der Sächsischen Schweiz auch noch so schön und anmutig sein, sie kann die Trauer nicht beheben und den unerklärlichen Tod seiner Frau nicht aufhellen. Er bleibt bei seinen Kindern und der Schwägerin bis Kriegsende und geht dann in Gefangenschaft.

Am 1. April 1945 haben die US-Soldaten in Creuzburg Thüringen erreicht und sind weiter auf dem Vormarsch Richtung Sachsen-Anhalt. Hier war eine der Lieblingsburgen der hl. Elisabeth von Thüringen. Doch jetzt denkt niemand an die große Reformerin des Landes, die sich nur von den Produkten der eigenen Landwirtschaft ernähren wollte und keine Abgaben der landesherrlichen Bauernschaft verlangte. Suhl, Gotha, Mühlhausen fallen, doch bei Struth kommt es zu den schwersten Kämpfen, in deren Verlauf 250 deutsche und 50 US-Soldaten sowie zahlreiche Zivilisten den Tod finden. Am 11. April erfolgt der Großangriff in Richtung des mit den Sowjets vereinbarten Treffpunkts an Elbe und Mulde.

Gardelegen – den Namen werden die Evakuierten aus Kevelaer nicht vergessen. In der Nähe entschied sich das Schicksal der nervenkranken Maria. Was ihnen verborgen bleibt, ist das Massaker von Isenschnibbe. Die Häftlinge des KZ Mittelbau-Dora bei Nordhausen und seiner Außenlager im Harz, die bis dahin mit der Produktion von V1- und V2-Raketen beschäftigt waren, werden in Todesmärschen nach Osten getrieben. Viele sterben unterwegs. Dann kommt es zum Massaker in der Isenschnibber Feldscheune bei Gardelegen. Über tausend KZ-Häftlinge werden von Mitgliedern der NSDAP, SS, SA und der Luftwaffe ermordet. Am 25. April treffen sich US-Truppen und Einheiten der Roten Armee bei Torgau an der Elbe …

Die Elbe-Brücke bei Tangermünde ist zerstört. Dennoch erreichen am 6. Mai 1945 deutsche Soldaten das von US-Truppen besetzte Westufer über einen Behelfssteg. Unter ihnen ist auch der 18-jährige Hans-Dietrich Genscher aus Reideburg bei Halle. Am 8. Mai erlebt er in einem amerikanischen Kriegsgefangenenlager die Gesamtkapitulation der Deutschen Wehrmacht und damit das Ende des Zweiten Weltkrieges. Später wird er als Bundesaußenminister an der Wiedervereinigung Deutschlands mitarbeiten.

Das vermeintliche Grab von Maria W. im Gelände der Euthanasie-Klinik

Kaum ruhen die Waffen, will Eti noch einmal an das Grab ihrer Schwester. Sie überlegt, wie sie das nach dem Zusammenbruch anstellen kann.

„Komm, Adolf, wir fahren", schlägt sie ihrem ältesten Neffen vor. „Wir borgen uns Fahrräder und stellen ein weißes Kreuz mit dem Namen deiner Mutter auf ihr Grab."

Die Fahrt wird beschwerlicher als sie es sich ausgemalt haben. Die Straßen sind in einem katastrophalen Zustand. Überall Einschlaglöcher von Bomben und Granaten. An den Rändern liegengebliebene Kettenfahrzeuge und zerstörte Autos. Man muss vorsichtig sein, um nicht in einem Schlagloch zu versinken. Sie radeln über Tangerhütte nach Schernbeck und dann weiter nach Brunkau. Hier versuchen sie über die Staatser Bauernheide eine Abkürzung, obgleich die nicht ungefährlich ist wegen streunender, jetzt freier Zwangsarbeiter.

Am Himmel jubiliert die Lerche. Sind es nicht Störche, die sich um Ottersburg sammeln, als beratschlagten sie, wo sie siedeln sollen? Jahrelang sind die Horste auf Schornsteinen und Kirchtürmen leer geblieben, doch jetzt ist Bewegung in den verwaisen Nestern.

Schließlich kommt die Schreckensklinik in Sicht. Der Mann, der Eti am 25. Januar aus dem Raum gezogen und zur Flucht verholfen hat, ist inzwischen der neue Direktor der Anstalt.

„Erkennen Sie mich? Ich entsinne mich deutlich an den Vorfall. Bin ich froh, dass Sie und Ihre Leute die Sache gut überstanden haben."

„Ja, ich wusste gar nicht, was los war."

„O, man hätte sie eingesperrt, und möglicherweise hätten Sie das gleiche Schicksal erlitten wie Ihre Schwester."

In jenen Tagen zählte ein Menschenleben längst nichts mehr.

Beim Besatzungswechsel Anfang Juli 1945 ziehen die US-Streitkräfte ab und überlassen den Sowjets das Feld. Für die irritierte Bevölkerung machen die Amerikaner damit einen nicht wiedergutzumachenden Fehler. Tatsächlich hatten sich die Siegermächte Sowjetunion, USA und Großbritannien bereits im Herbst 1944 grundsätzlich und in der Konferenz von Jalta 1945 endgültig darauf verständigt, Sachsen, Thüringen sowie Anhalt und die preußische Provinz Sachsen – zusammen also das heutige Sachsen-Anhalt – vollständig der Sowjetischen Besatzungszone (SBZ) zuzuschlagen. Was Tante Eti und ihre Familienmitglieder zunächst nicht ahnen, ist, dass nach den um sich greifenden Gerüchten viele mitteldeutsche Betriebe nach Westdeutschland, vorwiegend Bayern, umsiedeln, sofern sie nicht längst demontiert wurden und ihre bewegliche Substanz in die Sowjetunion verfrachtet worden ist.

Eines Tages kommen zwei russische Kundschafter über die Elbe auf das Haus zu. Die alte Besitzerin hat nichts Besseres zu tun als ihnen zu empfehlen: „Oben junge Frau!" Alle wissen, was eine solche Einladung bedeutet. Die fünf Kinder stellen sich schützend um Tante Eti. Die beiden Fenster eignen sich als qualifizierte Beobachtungsposten. Als die Soldaten nach vier Stunden endlich aufbrechen, um ihre Geräte zu holen, zieht Tante Eti mit den beiden Nichten und ihrem Sohn zu einer befreundeten Familie drei Häuser weiter zum Dorf hin.

„Kommt, macht schnell. Packt eure Sachen. Hier halten mich keine zehn Pferde mehr."

„Was ist denn?"

„Das erkläre ich euch später."

Die beiden größeren Neffen bleiben in der Wohnung, um den Verdacht der Flucht nicht aufkommen zu lassen.

Mit der Zeit machen die Russen von den abgesprochenen Gebietsansprüchen Gebrauch und siedeln westlich der Elbe. Die Amerikaner ziehen sich etwa hundert Kilometer zurück. Unter russischer Verwaltung leben? Nein, das kommt nicht infrage. Nun packen alle ein, was sie tragen können, und fahren von Tangerhütte aus Richtung Westen.

Doch plötzlich ist die Reise zu Ende. Die Russen haben bereits bis Oebisfelde alle Bahngleise demontiert. Die Aller soll provisorischer Grenzfluss sein; alle drei Meter steht ein Russe oder Mongole mit Gewehr und aufgepflanztem Bajonett.

Tante Eti zieht sich mit den Kindern in die Stadt zurück. Noch wissen sie nicht, wo sie bleiben können. Die Sperrstunde naht. Ein deutscher Polizist weist auf eine Baracke, damit die Gruppe von der Straße kommt. Hier kampiert sie. Die Jungen holen Stroh von einem Bauernhof. 54 Menschen sind in der Unterkunft gestrandet und wissen nicht, wohin sie weiterziehen sollen.

Eine Woche, zwei, drei. Insgesamt acht Wochen halten sie hier aus, von Flöhen und Läusen geplagt. Die Jungen langweilen sich. Wäre nicht unmittelbare Nachkriegszeit, in der man sich nicht weit bewegen, geschweige reisen kann, sie würden die Gegend auskundschaften. Das ursprüngliche Niederungsgebiet des Drömling an der Grenze zwischen Niedersachsen und Sachsen-Anhalt beherbergt vom Aussterben bedrohte Tier- und Pflanzenarten. Doch Tante Eti duldet keine Abenteuer. Die Gefahr, auf versprengte Munition zu treffen, ist zu groß.

Jeden Tag gibt es neue Parolen: Die Grenze wird zu dem und dem Zeitpunkt geöffnet. Doch nichts geschieht. Die Amerikaner auf der anderen Seite der Aller sind so nah, aber man kommt nicht zu ihnen hinüber.

Für Tante Eli ist es ein großes Problem, die Kindermeute satt zu bekommen. Eines der geflügelten Worte heißt „Bemme“, das die Jungen einst von zurückweichenden deutschen Soldaten aufgeschnappt haben. Bemme ist ein belegtes Butterbrot; es wird zum Synonym für die Hungerbewältigung.

„Wir gehen, wir versuchen durchzukommen“, entscheiden einige junge Leute aus der westdeutschen Heimat. „Wir wollen sehen, was zu Hause los ist.“

Bei Nacht und Nebel waten sie durch die Aller, jede Minute in Gefahr, vom Suchscheinwerfer der russischen Besatzung erfasst zu werden. Nein, mit den Kindern kann Tante Eti diesen Weg nicht gehen. Über zwei Jahre hat sie mit den Kindern im Haus unter dem Deich ausgehalten und nun soll die Heimreise hier zu Ende gehen?

Nach etwa zwei Wochen treffen die jungen Burschen wieder in der Baracke ein. Das Hallo und die Freude über die Rückkehrer sind riesengroß.

„Mensch, dass ihr heil hin und her gekommen seid! Wie habt ihr das nur geschafft?“

„Fahren im Westen die Züge wieder?“

„Oder seid ihr getrampt?“

„Wie ist es zu Hause? Ist viel kaputt?“

Nach Monaten ohne Post überbringen die Jungen Briefe und Grüße von daheim.

„Kommt, trinkt erst mal Kaffee. Ihr werdet auch hungrig sein.“

In diesem Augenblick öffnet sich die Barackentür – und Ewald Kraus steht im Licht des schwindenden Tages. Mit einem Satz springt Margarete, Tante Eti, ihrem Mann an den Hals.

„O Jesus! Wie kommst du denn hierher? Wie hast du es geschafft, die Russen zu überlisten? Sag, wie geht es daheim?“

Die Fragen poltern auf Ewald ein, er muss erst mal tief Luft holen, bevor er antworten kann.

Der Schwiegervater hat seinem Schwiegersohn gesagt: „Wenn du deine Frau liebst, musst du sie jetzt heimholen.“

Wenn später das Gespräch darauf kommt, fragt sich jeder, wie man das geschafft und ausgehalten hat. Doch der Weg nach Hause wird noch von vielen Schwierigkeiten und Gefahren begleitet. Die Brücken sind gesprengt, die Fähren zerstört. Wie soll man mit einem Kinderwagen, in dem die kleine Elisabeth liegt, ans jenseitige Ufer der Aller gelangen? Schwimmen? Das Wasser ist kalt. Das geht notfalls nur, wo sich eine Furt auftut oder eine seichte Stelle befindet, die man auch mit dem Kinderwagen passieren kann.

Einheimische werden zu Rate gezogen. Umsonst, nein umsonst werden sie nicht helfen. Armbanduhren, Schmuck, Alkohol wechseln den Besitzer. Sie erforschen die Umgebung, prüfen nachts die Wassertiefe.

Die Aller. Die älteren Wieners-Kinder haben in der Schule gelernt, wo sie entspringt und wo sie in den Rhein mündet. Eigentlich brauchten sie ihr nur zu folgen, dann kämen sie nach Haus. Aber Flüsse haben die Angewohnheit, ihren Urstromtälern zu folgen und haben es nicht eilig. Wer Zeit hat, den Flusslauf zu betrachten, erkennt, wie gemächlich er dahinfließt, dann etwas eiliger wird, wie seine Ufer sich mit Weidengehölz und Schilfpflanzen schmücken und dann wieder in eine grüne Weidelandschaft übergehen. Adolf weiß noch aus dem Schulunterricht, dass die adeligen Herren die Flößerei betreiben ließen, um zum Beispiel das Celler Schloss und andere fürstliche Gebäude mit Holz beheizen zu lassen.

Offizielle Reisen sind jetzt so gut wie unmöglich, Passierscheine der neuen Besatzungsmacht werden selten bis nie ausgestellt. Doch nicht nur der Familienclan ist heimlich unterwegs. Immer wieder trifft man auf Menschen, die auch in Richtung Westen ziehen, und mancher stammt aus heimatlichen Gefilden. Da ist die Freude besonders groß. Es dauert seine Zeit, bis der vertraute Wallfahrtsort in Sicht kommt. Unterwegs schlafen die Menschen, Groß und Klein, in Scheunen, in Schutzhütten auf Stroh oder bei hilfsbereiten Menschen in einem nicht heizbaren Raum.

Deutschland ist ein Trümmerland. Die Städte bieten einen trostlosen Anblick. Wer soll das überhaupt wieder aufbauen?

Die Natur zeigt ihr unverwüstliches Bild. Sie quält sich zwischen den Steinen hervor. Birken- und Holunderbüsche bringen Farbe in das Grau und Rot der Steinwüste. Auf den Feldern ist Bewegung. Hamsterkäufe. Menschen aus dem Ruhrgebiet ziehen über Land, hoffend, etwas Getreide, ein paar Eier und wenn es hoch kommt auch ein paar Speckseiten zu ergattern. Manche Geizhälse lassen sich das teuer bezahlen. Die Bauern legen ihre Kuhställe mit echten Teppichen aus, die sie den Notleidenden abgeknöpft haben, behaupten böse Zungen.

Die ferne Silhouette der Stadt Kevelaer beschleunigt die Schritte der müden Heimkehrer. Es ist, als reckte sich der 90 Meter hohe Westturm der Maria-Himmelfahrt-Basilika in den Himmel, um die Menschen willkommen zu heißen.Wie vielen Häusern Kevelaers hat der Krieg auch der Kirche tiefe Wunden geschlagen. Die schönen Bleiglasfenster sind zerstört. Auch die Orgel ist erheblich beschädigt.

Wer seine Wohnung verloren hat, ist inzwischen mit Möbeln und sogar Kachelöfen in die Orgelanlage eingezogen, die die Größe eines dreistöckigen Hauses aufweist. Holz aus der Orgel dient zum Beheizen ihrer Feuerstätten.

In Notzeiten wie diesen finden auch Pferde in der Kirche einen Unterstand.

Da inzwischen alle Gefangenenlager aufgelöst sind, wird die Basilika zum größten Durchgangsort, obwohl an der Seite der Sakristei ein Bombentreffer großen Schaden angerichtet hat.

Von der Pfarrkirche St. Antonius und dem Gotteshaus der Klarissen sind nur Trümmerhaufen übriggeblieben.

Bomben haben auch die Schreinerei getroffen. Holzbestände, Maschinen, Handwerkszeug sind gestohlen. Im Haus haben Plünderer Mobiliar, Betten, Bettwäsche, Kleidung, Bilder, Bücher, Vorräte geraubt. Das Geschäft ist demoliert, ebenso das Restaurant. Das Hotel, einst Raststätte für die Pilger, ist ausgeplündert. Die 45 Betten, von Vater Josef alle handgearbeitet, existieren nicht mehr. Die alte Pumpe in der Glasveranda wird die einzige Wasserquelle für viele Leute der Umgebung.

Kennen sich die Kinder im Straßengewirr, das sie einst beherrscht haben, noch aus? Manche Bauten scheinen ihnen geschrumpft, weil sie selbst größer geworden sind und sich ihr Blick verändert hat. Von manchen Häusern bleiben nur Ruinen.

Schließlich stehen die Heimkehrer in Kevelaer in der Hauptstraße vor dem Gasthaus „Zum hl. Joseph“. Die Eltern haben von November 1944 bis Juni 1945 im großen Keller die Kriegsjahre ausgehalten. Kein noch so freies Geleit hätte sie von hier fortbringen können. Sie lebten von der Vorratshaltung. Auch Nachbarn haben ihre Lebensmittel hier deponiert. Decken, Betten und Tücher lagen für Notfälle bereit. Durchbrüche von Keller zu Keller dienten der Rettungsvorsorge bei Bombardierungen.

Doch dann wird eine schwere Bombe auf das Nebenhaus den Eltern fast zum Verhängnis. Der Hausherr wird getötet, die Brandmauer bricht zusammen. Mit Hilfe nasser Tücher aus bereitstehenden Eimern können sie sich aus den Trümmern retten. Türen und Fenster in der Umgebung sind zerstört, Dächer abgedeckt.

Jetzt fließen Tränen. Nein, viele Worte wechseln die Verwandten nicht, Männer, Frauen und Kinder fallen sich wortlos in die Arme.

„Mein Gott, Adolf und Friedhelm, seid ihr groß geworden! Ihr wollt wohl in den Himmel wachsen, was?“

Die Großeltern schütteln den Kopf und staunen. Aber die Freude über das Wiedersehen wird getrübt durch den Tod von Maria Wieners. Was ist eigentlich mit ihr passiert? War der Nervenzusammenbruch so schwer, dass sie daran gestorben ist? Die Menschen ahnen Furchtbares, man weiß inzwischen, was die Nazis mit unheilbar Kranken gemacht haben.

Im Grunde ist immer noch Krieg. Krieg ist, solang das Grauen noch in vielen Gesichtern steht. Man möchte abschalten, verdrängen, loslassen. Und müsste reden, reden und immer wieder reden. Doch das können nur wenige. Die Schreie im Traum, vom Unterbewusstsein geweckt, zeigen, dass die Gräuel, der Tod noch immer gegenwärtig sind.

Die Hausangestellte Bernadette gesellt sich mit den beiden Brüdern Helmut und Hubert, die das Kriegsende in Kervenheim verbracht haben, wieder zur Familie. Jetzt leben alle auf, ohne das Erlebte abschütteln zu können.

Fritz Wieners existiert nach dem Krieg im Zwiespalt. Verwandte sehen in ihm einen gebrochenen Mann. Er hat nicht nur die Frau auf unmenschliche Art verloren. Er humpelt mit zerschossenen und immer schmerzenden Gliedmaßen durch den Tag. Elisabeth, das Nesthäkchen, hängt mit besonderer Zuneigung an ihm. Da sie ihre Mutter nie kennengelernt hat, konzentriert sie ihre kindliche Liebe ganz auf den Vater. Fritz Wieners spürt das, er ist feinfühlig genug, dem Kind den Seelenfrieden zu geben, den es braucht.

„Bist mein Augenstern, was?“

Elisabeth schmiegt sich hingebungsvoll an den Vater. „Ja, ich leuchte für dich.“

„Ja, Kind, mach meinen Tag hell.“

Fritz Wieners verdrängt die Schmerzen, indem er sich manchmal zum Clown macht: Er legt seinen Spazierstock, der ein ständiger Begleiter und eine große Hilfe beim Fortbewegen ist, wie einen Geigenbogen über den linken Arm und tut, als spiele er das Instrument. Musikalisch war die Familie ja schon immer. Es wurde viel und gerne gesungen. Maria war da ein Vorbild.

Mit dem Wiederaufblühen alter Standesregeln wird Fritz Vorsitzender der Bäckerinnung. Seine Erfahrung und sein Rat sind gefragt. Er spricht wöchentlich bei seinen Geschäftspartnern vor und erkundigt sich: „Na, Johann, du siehst noch so hungrig aus. Hat dir mein Brot nicht geschmeckt?"

Meist erntet er Gelächter oder ein fröhliches Wort. Alle Bäckerkollegen wissen, wie gewissenhaft Wieners Backstube arbeitet. Seine beiden heranwachsenden Söhne Adolf und Friedhelm stehen schon in den Fußstapfen des Vaters, eifern ihm nach, und ebenso auch seine Tochter Brigitte, die gerade mal 14 ist. Da der Betrieb gut läuft, wird noch ein Lehrjunge eingestellt, und oftmals helfen auch die Kusinen im Lebensmittelgeschäft und Serviererinnen im Hotel „Zum Goldenen Krug", wie die Gaststätte nun heißt, aus. Doch Übernachtungen sind bisher nicht möglich. Die Kriegsschäden sind noch nicht beseitigt, Zimmer und Einrichtungen zerstört oder ausgeraubt.

Manchmal legt sich Fritz in der Mittagspause aufs Sofa, die Schmerzen hindern ihn, den Tag unangefochten zu überstehen. Elisabeth schleicht sich auf kleinen Füßen heran, drückt sich neben Sofarücken und Vaters Seite und, obgleich der Platz auch eng ist, schmiegt sie sich still, fast atemlos, um seinen Schlaf nicht zu stören, an ihn. Für das Kind sind es die kostbarsten Minuten in seinem Leben.

An Sonntagnachmittagen hält der Vater still, wenn das Töchterchen ihm mit dem Kamm durchs Haar fährt, ihm die Frisur verbessert.

Kommt er vom Arzt, heißt es stets: „Es ist alles in Ordnung." Elisabeth spürt, dass nichts in Ordnung ist, dass die Schmerzen ein provozierender Begleiter sind und sich weder durch Medikamente noch Alkohol abwimmeln lassen.

Eines Tages bricht ein Vertreter des Jugendamtes in das Familienleben ein.

„Herr Wieners, Sie haben sechs Kinder und sind gesundheitlich schwer angeschlagen. Die Kinder haben keine Mutter. Wir fürchten, dass Sie mit der Erziehung allein nicht zurechtkommen. Es wäre das Beste, Sie würden sich noch einmal verheiraten. Dann bliebe die Familienharmonie gewahrt. Andernfalls müssten wir die Kinder verteilen, in Pflegefamilien zum Beispiel."

Die Kinder haben selten einen so aufgebrachten Vater gesehen.

Er kontert voller Wut: „Die Kinder bleiben bei mir, alle, verstanden?"

Im Stillen stellt er aber doch Überlegungen an, wie er die Familie zusammenhalten könnte. Da fällt ihm Bernadette ein. Bernadette, 1910 geboren, ist ein Lebtag, wie es der Familie vorkommt, ihre Hausangestellte. Sie hat die Kinder aufwachsen sehen, schmeißt den Laden, wie man so sagt, kocht gut, hält den Haushalt in Schwung.

Eines Tages nimmt Vater sie beiseite und fragt: „Könntest du dir vorstellen, mich zu heiraten, Bernadette? Es ist vielleicht keine Liebesheirat, aber."

Weiter kommt Fritz Wieners nicht. Bernadette legt ihm den Finger auf den Mund und sagt lächelnd: „Ich will!"

Was folgt, ist eine Hochzeitsfeier auf Bernadettes „Niersekemper Hof" in Kervenheim. Alle Verwandten kommen, zumindest jetzt scheint es, dass sich die Probleme, die es gibt, in der neuen Situation beheben lassen. Der Vater lebt auf, seine Verwundungen missachtend, doch – auf Beinprothese und Stock angewiesen – zwingt er sich, das Fahrradfahren zu lernen.

Elisabeth ist glücklich, fährt der Vater jetzt doch jeden Sonntag mit ihr nach Üdem, Kevenheim und in die Umgebung von Kevelaer. Fritz Wieners gelingt ein eleganter Aufstieg auf das Zweirad. Er schwingt den Stock beim Aufsteigen gekonnt quer auf das Lenkrad.

Die offene Beinwunde, die Bernadette mit Sorgfalt behandelt, wird ihm ein stets dunkler Begleiter bleiben. Man kann nur ahnen, welche Schmerzen er ständig erleidet.

Aber nicht nur er: Jetzt kommen täglich die Kriegsgefangenen heim. Elisabeth kann den Anblick der Krüppel nicht ertragen. Die Männer mit den „leeren" Mantelärmeln, die sie geschickt in die Taschen gesteckt oder mit einer Nadel an den Mantel geheftet haben, lässt sie ihr Leid erahnen. Manche Landser kommen in abgewetzter und löchriger Kleidung daher, humpelnd, sich auf einen Stock oder Knüppel stützend, mit Augenklappen, mit entstellten Gesichtern, mit abgewetztem Schuhwerk – es ist zum Erbarmen. Manche bücken sich und sind froh, eine Zigarettenkippe aus der Gosse gefischt zu haben.

Einmal wird der letzte Heimkehrer der Stadt angekündigt. Alles strömt zum Bahnhof, um ihn zu begrüßen. In Elisabeths Vorstellung hat die Ankunft eines Königs Fuß gefasst. Als die Lok schließlich pfeifend am Bahnsteig hält und Menschen aus den Wagen strömen, erscheint aber kein König, einige Frauen schließen einen gealterten Mann in die Arme. Sein Gesicht ist fahl, schmal und grau. Er trägt einen zerlumpten Mantel mit hochgeklapptem Kragen. Die erste Freude seiner Angehörigen geht in Schluchzen und Weinen über.

Elisabeths Nachkriegserinnerungen entstammen einem schwarzen Kapitel unvergänglicher Erlebnisse. Manchmal hört sie im Laden Katastrophenmeldungen wie diese: „Der Potthast Wilhelm ist nicht mehr ganz klar im Kopf. Der Krieg hat ihn meschugge gemacht. Seine Leute verstecken ihn. Ist das eine Schande."

Mancher kommt so behindert über das Pflaster daher, dass die Kinder ihn nachäffen. Aber sein Anblick ist zum Weinen.

Ein Fachgeschäft für Prothesen hat gut zu tun. „Hilfs- und Unterstützungsgeräte" nennt es sich. Hierhin geht auch der Vater, um sich Hilfen für sein verlorenes und das verletzte Bein anpassen zu lassen.

Die Bomben haben auch die St.-Antonius-Kirche schwer getroffen. Das Betreten der Ruine ist streng verboten. Wie selten üblich, halten sich die Kinder daran. Über die Trümmer des Kirchenschiffes zu balancieren, ist ziemlich gefährlich. Aber wer sucht nicht den Kitzel des Verbotenen? Elisabeth muss höllisch aufpassen. In den abgelegten Schuhen ihrer Geschwister, die sie auftragen muss, wird der Balanceakt manchmal zur Rutschpartie.

Was kann man mit Karbid nicht alles anstellen! So gefährlich es ist, die höllische Knallerei lässt die Gänsehaut kribbeln.

Die Nachkriegszeit lässt wenig Gelegenheit, über die vergangene Zeit nachzudenken. In der allgemeinen Aufbruchstimmung will kaum jemand an die zwölf Schicksalsjahre des Dritten Reiches erinnert werden. Die Wunden des Krieges sind notdürftig verschlossen, aber noch dünn und in Gefahr aufzubrechen.

Die Wallfahrtssaison fasst wieder Fuß. Viele Menschen haben der Gottesmutter zu danken, weil sie heil aus dem kriegerischen Schlamassel herausgekommen sind. Andere suchen bei ihr Trost wegen verlorener Güter und Familienmitglieder, die der Krieg hinweggerafft hat.

Stiefmutter Bernadette ist schwer einzuordnen. Die Liebe, die die Kinder erhoffen, kann sie ihnen nicht geben. Elisabeth, als Jüngste der Geschwister, erinnert sich, dass sie als Kleinkind bei der Arbeit im Lebensmittelgeschäft mit Wirtschaft und Bäckerei ständig im Wege steht. Sie wird unter Tränen im Kindergarten bei den Vorsehungsschwestern abgeliefert, der auch samstags und sonntags geöffnet ist. Bereits bevor Fritz Wieners sich wiederverheiratet, bringt Bernadette das jüngste Familienmitglied schon um 18 Uhr zu Bett, schließt die Fensterläden, während die anderen Kinder im Sommer auf der Straße „Bäumchen-wechsel-dich“ spielen oder sich mit „Seilchenspringen“ und „Völkerball“ erfreuen. Das Licht wird gelöscht, nur eine Notbeleuchtung erhellt den Raum.

Sind die Familienmitglieder außer Haus, greift die Angst mit Reißzähnen nach dem jungen Mädchen. Das Haus wirkt im Dunkeln gespenstisch. Hier knirscht eine Bohle, dort knackt es im Gebälk. Das Haus lebt in Geräuschen, die undefinierbar sind.

Elisabeth erinnert sich an ein Kindheitserlebnis, das schwere Folgen hat, aber noch schlimmer hätte ausgehen können:

„Ich mag etwa fünf oder sechs Jahre alt gewesen sein, als ich an einem Samstag im Mai, es war der Tag vor der Kirmes, dem lebhaften Treiben im Geschäft und der Bäckerei mal wieder ‚ausweichen' wollte. Schon lange reizten mich die Streichhölzer, mit denen das Feuer im Kachelofen und der Küchenherd angezündet wurden. Nur, diese lagen auf dem Fenstersims über dem großen Küchenherd. Da kam ich so nicht dran. Ich musste warten, bis die Herdplatten abgekühlt waren. Dann aber, die Küche war ziemlich dunkel ohne Lampenlicht, stieg ich auf einen Stuhl, darauf vorsichtig auf den Herd und da hatte ich die Streichholzdose. Damit ging ich ganz nach hinten in den letzten Raum hinter dem Schweinestall, wo das Stroh für die Schweine Max und Moritz lag. Dort setzte ich mich, versuchte ein Streichholz nach dem andern zu entzünden, bis ich plötzlich eines fallen ließ. Im Nu brannte das Stroh! Ich versuchte es durch Pusten zu löschen. Verfehlt! Ich lief nach vorne und rief: ‚Hinten brennt's!' Meine Brüder stürzten aus der Bäckerei, ließen Brot und Kuchen liegen, um zu löschen. Gefühlt in kürzester Zeit hörte ich die Feuerwehr-Sirenen, laute Stimmen und Rufen von überall her. Lange Schläuche wurden von der Straße her durch die Flure und Zimmer ins Hinterhaus geschleppt – ich verkroch mich unters Sofa, wie ein Hund. Vor Angst zitternd, vermeinte ich zu sterben. Noch heute kann ich Sirenengeheul und Silvesterknallerei nicht ertragen, ich gehe früh ins Bett und und ziehe die Bettdecke über die Ohren.

Nun, am späten Abend nahm mich mein Vater zur Seite und ich durfte im Elternbett schlafen. Vater war sehr gefasst und fragte ruhig und einfühlsam, wie es passiert sei. Unter Tränen und Schluchzen erzählte ich, wie es dazu gekommen war. Vater beruhigte mich, den Tieren sei nichts geschehen und der letzte Raum benötige halt ein neues Dach und eine neue große Scheunentür. Dafür würde er sorgen, ich solle es niemand erzählen. So ein toller Vater! Eine Tracht Prügel hätte ich verdient."

Kein Zweifel, Stiefmutter Bernadette ist bei allem Unverständnis für ihr manchmal umstrittenes Handeln eine fromme Frau: Während der Schuljahre stehen die Kinder morgens wie die Orgelpfeifen vor dem Küchentresen und verrichten gemeinsam das Morgengebet. Dann zeigen sie ihre Hände. Sind die Fingernägel sauber? Hat jeder ein frisches Taschentuch? Und wie steht es mit den am Vorabend gewienerten Schuhen?

„Was man aus Liebe tut, das geht nochmal so gut!", sagt sie, wenn eines der Kinder „bockig" ist. Und auch der überaus beliebte Vers „Immer, wenn du meinst, es geht nicht mehr, kommt von irgendwo ein Lichtlein her ..." kommt ihr tröstend über die Lippen.

Bei der Arbeit singt sie leise, meist Marienlieder. Dass sie morgens um 6 Uhr schon die hl. Messe in der Gnadenkapelle besucht hat, bevor das häusliche Tagewerk beginnt, hängt sie nicht an die große Glocke. Einmal jedoch kommt sie ganz aufgelöst zurück: Eine Frau, berichtet sie, rutsche auf blutigen Knien um die Gnadenkapelle. Was für ein unsagbar schweres Leid sie wohl bedrücke. Solche Worte lassen die Kinder verstummen.

Wie ist Gott? Wie steht er zu den Menschen? Ist er wirklich die verehrte und liebende Majestät, die Elisabeth sich vorgestellt hat? In mancher Kirche ist er auf Altarbildern ein alter Mann mit einer Tiara auf dem Kopf. Der Heilige Geist in Form einer Taube schwebt über ihm und er hält vor sich in den Händen seinen gekreuzigten Sohn Jesus. Diese Dreiheit gehört zusammen.

Aber jetzt bekommt Elisabeth erstmals Zweifel an seiner Güte. Einmal wegen Kopfläusen im Kindergarten. Sie wird früh ins Bett gesteckt, abgeschoben, wie sie meint, ein dickes Handtuch um den Kopf. Als sie die Tür zum Flur öffnet, hört sie drunten eine Frau weinen. Ihr Kind ist gestorben. Die Frau fragt, ob Elisabeth am Beerdigungstag den Sarg mittragen helfen würde. „Nein, unsere Elisabeth liegt im Bett und ist schwer krank", lautet die Antwort Bernadettes. Elisabeth fühlt sich nicht krank, hat kein Fieber. Dass sie wegen der Läuse nicht in die Nähe des Lebensmittelladens kommen darf, leuchtet ihr ein. Aber ist sie deshalb ein krankes Mädchen?

Einige Zeit danach sucht Elisabeth das frisch geschmückte Grab auf dem Friedhof auf. Sie liest auf dem Stein: „Unser Gott braucht Engelein, drum nahm er unseren Sonnenschein." So einer ist Gott? Er nimmt den Eltern die Kinder weg, weil er Engel braucht? Hat er nicht längst genug davon geschaffen? Elisabeths Glaube kommt gehörig ins Wanken.

Die Wallfahrtszeit erfordert viele Helferinnen und Helfer in der Backstube. Honigkuchen, Lebkuchenherzen, Gebäck und Brot wechseln über den Tresen. Beim Backen und Verzieren ist Elisabeth kräftig mit eingebunden. Nach der Arbeit spielt sie manchmal mit einem Bruder im langen Flur mit zwei kleinen Küchenbrettchen und einem kleinen Zelluloidbällchen Tennis. Keine Frage, dass Elisabeth auch bei Schulausflügen oder Ferienfreizeiten nicht frei bekommt. Dazu hat sie nach Bernadettes Meinung keine Zeit.

Später sitzt Elisabeth gern mit dem Organisten auf der Orgelbank, hilft Register ziehen oder drücken, Seiten umschlagen und Orgelpfeifen stimmen. Als sie zwölf Jahre alt ist, wird sie Mitglied im Chor der Basilika.

Vater Fritz kann nach seiner schweren Kriegsverletzung nicht mehr Fußball spielen. Doch wird im Ort ein Spiel ausgetragen, zieht es ihn zum Sportplatz. Der ist einfach. An den Seitenrändern kennzeichnen Stangen das Spielfeld, es gibt keine Sitzmöglichkeiten, nur Stehplätze. Elisabeth sitzt dann zu seinen Füßen und teilt seine Freude, hört auf die Kommentare. Nach dem Spiel freut sie sich auf ein Glas Limonade in der Gaststätte.

In den Wintermonaten ist das Café geschlossen. Dann teilt ein großer, dunkelgrüner, dicker, schwerer Vorhang den Raum in zwei Teile. In der einen Hälfte kommen die Menschen zu Versammlungen zusammen, die andere nutzen die Kinder. Die Wieners-Kinder sind geschickt und erfindungsreich. Bastelarbeiten bilden einen Schwerpunkt ihrer Zusammenkünfte. Jetzt entstehen Kasperlefiguren, die die Grundlage für kleine Spiele bilden. Auf einer kleinen Bühne wird aufgeführt, was sich die kleinen Künstler ausgedacht haben. Sonntags werden die Nachbarkinder eingeladen. Wer einen oder zwei Pfennige Eintritt zahlen kann, ist herzlich willkommen. Wer sie nicht besitzt, ebenso. Meist ist die Raumhälfte total besetzt.

Mit den Jahren werden die Jungen erfindungsreicher. Sie bauen mit ihrem Stahlbaukasten einen Apparat, kleben Märchenfotos auf eine längliche Glasplatte, die durch eine Lichtquelle geschoben und an die Wand projiziert wird. Märchenstunde. Sie erzählen mit verschiedenen Stimmen und entsprechender Untermalung, was sie sich dazu ausgedacht haben.

Zur Pause humpelt Vater Wieners mit einem großen Korb voller Leckereien herein. Er blickt sich um und lacht. „Also, wie ich sehe, hat hier niemand Hunger auf ein paar Plätzchen oder andere Süßigkeiten. Da kann ich ja wieder gehen." Er dreht sich pro forma um, als wollte er den Raum verlassen. Doch ein großes Geschrei bindet ihn auf der Türschwelle. Nach der Stärkung unter viel Lachen und Geschrei wird gesungen. Die Fenster zur Straße stehen weit auf, damit die Passanten es hören. Alle Wieners-Kinder spielen inzwischen ein Instrument. Die Gitarre begleitet den Gesang.

An warmen Tagen zieht es alle nach draußen. Die Natur lockt mit blauem Himmel und dem Duft nach Kräutern und Blüten in die Ferne. Die Stahlesel, so ramponiert sie aussehen, führen Jungen und Mädchen in die nähere Umgebung. Diese Radtouren erschließen ihnen die Schönheit der niederrheinischen Landschaft mit den Altrheinarmen und der flirrenden Weite. Wären die Fahrräder in besserem Zustand, würde die Gruppe auch fernere Ziele ansteuern.

Die alten Buchen in den Wäldern schütten zur Herbstzeit Unmengen Bucheckern auf die Erde. Sie aufzulesen macht zwar Mühe und drückt auf den Rücken, aber die Groschen von den Abgabestelle gleichen die Schmerzen wieder aus.

Elisabeth ist kein Nesthäkchen mehr. Sie lernt gut und liest gern. Am liebsten verzieht sie sich mit ihren Büchern in die obere Etage des Hauses. Auf der letzten Treppenstufe ist ihr Lieblingsplatz. Meist baut sie einen Schutzwall um sich, bestehend aus Stofftieren, Puppen und Büchern. Hier fühlt sie sich wohl und beschützt. Doch es gibt nicht viele Bücher im Haus. „Helden und Heilige" gehören zum festen Repertoire. Doch es besteht die Möglichkeit, für wenig Geld Lesestoff in der Stadtbücherei auszuleihen. Davon macht das sensible Mädchen immer wieder Gebrauch. Aber manche Geschichten machen ihr Angst. Zum Beispiel „Hänsel und Gretel" und „Das Mädchen mit den Schwefelhölzern".

Sie weint, weil ihr das Schicksal der Kinder nahe geht. Dann legt sie das Buch beiseite; sie könnte ja selbst von diesem Schicksal getroffen werden. Die Späße, die Till Eulenspiegel vollführt, heben ihre Stimmung.

Schon früh greift sie zu christlichen Büchern und Romanen. Spirituelle Bücher werden im Erwachsenenalter ihre Lebensbegleiter.

Elisabeth und ihre Geschwister suchen die mütterliche Nestwärme, die Bernadette nicht aufbringen kann. So versuchen sie, sie sich gegenseitig zu geben.

Die Jungen werden nicht „aufgeklärt", aber die jüngste Schwester bietet die beste Anschauung für körperliche Veränderungen. Sie kann sich nicht wehren, darüber zu sprechen ist unmöglich. Elisabeth beichtet regelmäßig. Doch der Kaplan ist überfordert. Das Beichtgeheimnis verbietet ihm, mit den Eltern zu reden. Deshalb betraut er Elisabeth mit kleinen Aufgaben in der Gemeinde und beschäftigt sie als Schreibkraft im Pfarrbüro. Einer ihrer Brüder besorgt ein Sachbuch über den menschlichen Körper. Was ist mit mir? Was verändert sich? Was geht in uns vor? Doch die verklemmte Stiefmutter entdeckt das Buch und befeuert damit den Ofen.

Die älteren Geschwister erlernen inzwischen Berufe und verlassen nach und nach das Haus. Es wird einsam um Elisabeth. Die Angst bleibt. Sie wird zur ständigen Begleiterin. Den Weg in den dunklen Keller zum Kartoffelnholen, der nächtliche Gang zur Toilette werden zur Qual. Lautes Singen zur Ablenkung wird vom Spott der anderen Geschwister begleitet.

„Mach dir doch gleich in die Hose!"

„Angsthase, Angsthase", schallt es ihr entgegen.

Der älteste Bruder Adolf hat inzwischen die Meisterprüfung abgelegt, ein Studium absolviert, er gründet eine Familie und arbeitet im Labor einer Getreidefirma. So sehr Elisabeth seinen Weggang auch bedauert, denn er hat ihre schulischen Jahre begleitet und war sehr liebevoll zu ihr, er hat ihr dennoch manchmal das Leben schwer gemacht, indem er hohe Erwartungen in die Leistungen seiner kleinen Schwester setzte. Wie oft hat er ihr die Schulaufgaben auf der Schiefertafel ausgewischt, weil er mehr von ihr forderte. Aber er ist es auch, der einen Kindersitz an seinem Fahrrad befestigt und mit der kleinen Schwester zu Verwandten oder einfach ins Blaue fährt. Dann zieht die Welt langsam an ihnen vorbei, oder etwas schneller, je nachdem wie der Bruder in die Pedale tritt. Das in romantischer Verklärung des Mittelalters erbaute Schloss Moyland erinnert Elisabeth daran, dass die Brüder Grimm hier ihre Märchenfiguren während des Krieges überwintern ließen. Es ist ihnen nichts geschehen und sie wandern nun wieder in die Welt. Leider ist einer darunter, der auszog, das Fürchten zu lernen. Und der macht Elisabeth zu schaffen.

Der zweitälteste Bruder hat inzwischen geheiratet, zieht mit seiner Familie ins Haus und übernimmt die Bäckerei und das Geschäft, die Schwester führt den Lebensmittelladen.

Maria W. war vor ihrer Erkrankung eine hübsche junge Frau.

Im Wohnzimmer hängt ein Foto. Elisabeth steht oft davor, weil es ihr so vertraut vorkommt. Sie sieht die samtenen Augen und den weichen Mund. Schließlich fragt sie: „Ist das eine Verwandte von uns?“

Zunächst keine Antwort, nur ein ausweichendes Nuscheln. Dann fragt sie nach: „Wer ist das?“

„Ach, das verstehst du nicht. Das war im Krieg.“

Was versteht Elisabeth nicht? Wenn das jemand aus ihrer Familie ist, kann man ihr doch wahrheitsgemäß antworten. Sie weiß, dass ihre Mutter tot ist. Sie hat sie nie kennengelernt, doch innerlich einen Halt gespürt, eine Verbindung zu ihr, die sie nicht erklären kann.

Da kommt ihr der Zufall zur Hilfe. Als Vater mit Bernadette für einige Tage an die Mosel fährt, geht sie in ihrem Schlafzimmer auf Entdeckungsreise. Elisabeth weiß, dass sich unten im Wäscheschrank eine schmale Schublade mit Schloss befindet. Sie hat bisher nie gesehen, dass sich jemand daran zu schaffen gemacht hätte. Jetzt versucht sie es. Ihr Herz klopft fürchterlich. Sie tut etwas Unerlaubtes. Der Schlüssel muss anderswo zu finden sein. Elisabeth durchwühlt Bernadettes Nachttisch. Darin befinden sich viele Schlüssel und sie probiert sie aus. Mein Gott, einer passt! Die Hände zittern, als Elisabeth die Lade öffnet. Papiere, Formulare. Versteht sie die denn? Dann unter der Dokumentation ein Foto. Maria v. A., Magdeburg. Das könnte die Frau auf dem Foto sein. Intuitiv erschließt sich dem Mädchen das Rätsel: Das ist meine Mutter! Das ist sie! Wo ist sie geblieben, wo gestorben?

Das Familiengrab auf dem Friedhof ist jetzt ihr Ziel. Dort befindet sich ein großer Grabstein und darauf steht auch: „Verstorbene M. Wieners, geb. v. A.“

Elisabeths Herz ist aufgewühlt. Sie kann keinen klaren Gedanken fassen. Sie denkt nur immer an ihre Mutter, von der sie nichts weiß, und niemand hat ihr von ihr berichtet, auch die großen Brüder nicht. Und Papa auch nicht. Das versteht sie nicht, da sie mit ihm in vertrauensvollem Miteinander lebt.

Als Elisabeth eines Tages wieder auf dem Friedhof ist, ist auch die Stiefmutter in der Nähe. „Die liegt ja gar nicht da!", sagt sie aufklärend und geht ihrer Wege.

Mit dem wirtschaftlichen Aufbruch nach dem Krieg beginnt auch wieder die Wallfahrtszeit. Einzelpilger, Gruppen, ganze Gemeinden machen sich auf den Weg nach Kevelaer, um der Muttergottes ihre Aufwartung zu machen. Viele bleiben bis zum nächsten Tag, wollen preisgünstig übernachten. Eines Abends steht Vater an den Betten seiner Kinder: „Ihr müsst aufstehen, unten warten Pilger mit blutenden Füßen."

„Oh, jetzt aufstehen? Wir sind doch so müde."

Ich sehe die traurigen Augen meines Vaters. „Zu unserer Kinderzeit waren wir dazu bereit."

Die Pilger fühlen sich im Haus, dem Gasthof „Zum Goldenen Krug" mit Café und Bäckerei sehr wohl. Hier können sie ihre Wunden behandeln, sich mit Essen und Trinken versorgen lassen. Aber dazu das eigene Bett abgeben – nein, das bringen wir Geschwister nicht fertig.

Im Sommer steht den Pilgern sogar das Wohnzimmer zur Verfügung, in dem sie ihre mitgebrachten Brote verzehren und sich für den Rückweg rüsten können. Muss etwas erledigt werden, führt der Weg meist an der Kapelle vorbei.

Vater steht mit der Mutter des Herrn auf gutem Fuß. Er zieht stets den Hut, grüßt sie im Vorbeigehen.

Wer in der Familie spricht mit Elisabeth über ihre Mutter? Alle drehen den Kopf weg, wenn sie fragt. Als ob sie der Familie Schaden zugefügt oder ihr Ansehen geschädigt hätte. Was ist denn los? Warum können die Geschwister nicht über ihre Mutter sprechen? Sind sie ihr noch böse, weil sie ihnen den Kontakt mit Hitlers Jugendverbänden strikt untersagt hat? Spätestens jetzt müssten sie doch erkennen, welcher Verbrecher dieser Mann war, wie er Hunderttausende deutsche Jungen um ihre Jugend gebracht hat.

Wenn sie ihre Geschwister in ruhigen Stunden betrachtet, wenn sie sich nicht beobachtet glauben, erkennt Elisabeth, dass etwas ihre Herzen schwer macht. Nur, was es ist, das findet sie nicht heraus. Sie kann aber nicht zur Ruhe kommen, solange sie nicht weiß, was mit ihrer Mutter passiert ist.

Sie hat Angst. Die Angst verfolgt sie jeden Tag. Es ist die Angst, die Menschen zu verlieren, die sie liebt. Die Arbeit lenkt ab, und Gott sei Dank gibt es viel zu tun. „Wir Geschwister spuckten in die Hände und strengten uns an, damit wir um 18 Uhr eine Stunde schwimmen durften“, erinnert Elisabeth sich. „Aber nicht nur bei uns, sondern auch in der Nachbarschaft gab es eine Menge zu tun.“

Eine Nachbarin braucht nach der Geburt ihres zehnten Kindes Hilfe. Einer fast blinden Frau schält Elisabeth die Kartoffeln. Ihre Lehrerin hält immer wieder nach Mädchen Ausschau, die alten und kranken Menschen Blumen oder einen schriftlichen Gruß bringen. Die Geistlichen in der Marien-Pfarrei wissen um Wieners Geschichte und ihre schwierige Lage. Fast täglich klingelt gegen 19 Uhr das Telefon.

„Liesel, das ist für dich!“

Die Brüder ahnen schon, wer da anruft, niemand von ihnen greift zum Hörer. Der Kaplan braucht Hilfe bei der Herstellung von Briefen, denn die werden teilweise noch per Hand geschrieben. Schreibmaschinen sind Mangelware, so kommt Elisabeths „Schönschrift“ zum Tragen. Bis gegen 21.30 Uhr. Dann bringt der Kaplan sie nach Hause.

Die Wallfahrt Kevelaer ist in der ganzen Region und darüber hinaus bekannt. Im Kriegsjahr 1941 kann sie auf eine dreihundertjährige Tradition zurückblicken. Sie lässt sich auf einen einfachen Handelsmann namens Hendrick Busman zurückführen, der um Weihnachten 1641 dreimal einen geheimnisvollen Anruf vernimmt: „Bau mir an dieser Stelle eine Kapelle!“ Busman macht gerade auf seinem Weg von Weeze nach Geldern vor einem Hagelkreuz Station und betet. Obgleich er nicht wohlhabend ist, fühlt er sich diesem Auftrag verpflichtet. Die Synode von Venlo protokolliert seine Aussagen 1647 und die führen zur baldigen Anerkennung der Wallfahrt. Busman baut zunächst ein Heiligenhäuschen der Art, wie es seine Frau Mechel Schrouse in einem Traum gesehen hat. Und hier hinein stellen sie ein papiernes Bildchen der Gottesmutter, das nach einer Odyssee in Mechels Besitz kommt.

Das Bild Unserer Lieben Frau von Luxemburg wird zunächst in Geldern aufbewahrt und verehrt. Darauf haben die Kapuziner und die Gemeinde verlangt, es in einer Prozession nach Kevelaer zu überstellen. Dies geschieht jedoch nicht. Der Pastor von Kevelaer holt am Abend des „Stillen Samstag“, am letzten Mai 1642, das Bild ab und überträgt es in das Heiligenhäuschen, um das 1654 eine sechseckige prächtige Gnadenkapelle nach dem Vorbild von Scherpenheuvel in Brabant entsteht.

Zu den Klarissen hat Vater einen besonderen Kontakt. Seine Schwester Franziska und ihr Mann haben neben dem Kloster eine Gärtnerei. Als das Kloster bei einem Bombenangriff zerstört und unbewohnbar wird, nimmt Onkel Theo alle Schwestern in sein Haus auf. Diese Verbindung halten die Schwestern bis heute aufrecht und nehmen Anteil an Wieners Familienschicksal. Fast täglich schickt Vater seine Tochter Elisabeth mit Broten zu den Nonnen. Elisabeth wundert sich, dass sie auch im kalten Winter in offenen Sandalen barfuß gehen. Sie begegnen dem jungen Mädchen und der Familie mit mütterlicher Herzlichkeit. Als Elisabeth einmal fragt, warum Vater das Kloster unterstützt, blickt er seine Tochter liebevoll an und antwortet: „Wir haben ihnen zu danken!“ Und er erzählt ihr von der klösterlichen Gärtnerei.

Die Schmerzen, die die Kriegsverletzungen ausgelöst haben, kann Vater oft nicht mehr aushalten. Die Tabletten haben nur eine begrenzte Wirkung. Immer öfter geht er nachmittags aus dem Haus, und immer öfter kommt er erst spätabends zurück. Manchmal kehrt er erst um Mitternacht heim; dann ist er betrunken. Dann poltert Bernadette fürchterlich auf ihn ein, doch der Vater wehrt sich nicht. Er bleibt stumm.

Die Geschwister schlafen zu zweit in einem Zimmer. Elisabeths Raum liegt direkt neben dem Elternschlafzimmer. Sie und ihre Schwester zittern, wenn Vater sich anschickt, die Holztreppe heraufzukommen und dann wieder hinunterfällt. Die Mädchen laufen nach unten, um ihm wieder auf die Beine, auf die Prothesen, zu helfen. Das ist nicht leicht. Vater ist schwer, aber er lässt alles schweigend mit sich geschehen.

„Marsch raus, such deinen betrunkenen Vater!"

Bernadette scheucht Elisabeth in die Nacht hinaus. Die Dunkelheit weckt die Ängste. So läuft sie die Straßen entlang, blinzelt durch die Fenster der Gaststätten, bis sie ihren Vater irgendwo aufspürt. Sie setzt sich stumm neben ihn, bis er Aufbruch signalisiert und stützt ihn auf dem Weg nach Hause. Dort empfängt ihn das Gezeter seiner Frau.

Im Schlafzimmer tobt Bernadette weiter. Elisabeth liegt weinend im Bett und zittert vor Angst. Als sie noch jünger ist und Zeuge der Auseinandersetzung wird, hält sie es im Bett nicht mehr aus. Dann klopft sie gegen die Tür, bis Bernadette öffnet. Das aufgelöste Kind darf in der „Besuchsritze" schlafen. Die Prothese steht in der Ecke. So kann Vater nicht aufstehen, um sich ein Glas Wasser zu holen. Er trinkt viel. Elisabeth leert auch die Bettflasche in der Toilette aus. Hat sie in solchen bedrohten Nächten noch schlafen können? Die Ängste haben sie im Griff. Nicht bewegen, nur nicht stören. Das Leben geht weiter.

Elisabeths Brüder sind vor der Zeit flügge. Die Zuwendung, die sie suchen, aber daheim nicht finden, entdecken sie außerhalb der eigenen Familie. Bei drei von ihnen kommt es bei ihren Freundinnen zu vorzeitigen Schwangerschaften. Das bedeutet endgültiger Abschied vom Elternhaus. Der Vater nimmt die Nachrichten schweigend zur Kenntnis und macht sich auf die Suche nach geeigneten Wohnungen. Elisabeth erlebt, wie sich das Nest leert und leidet fürchterlich, aber sie versteht mit der Zeit, dass es keinen besseren Ausweg gibt.

Als einer von Elisabeths Brüdern mit 14 Jahren eine Filmdruckerlehre beginnt, muss die jüngste Schwester seine Aufgaben übernehmen und jeden Morgen um 6 Uhr die frischen Brötchen, die in einem Korb vorn auf dem Geschäftsrad bugsiert werden, zu den Leuten fahren. Um sieben Uhr verpasst sie nie die Frühmesse, die ist ihr wichtig. Kaum hat sie nachmittags die Schulaufgaben erledigt, heißt es wieder: Waren ausfahren. Die Wege in die Bauernschaften rund um Kevelaer sind weit. Wind und Wetter, Sommer und Winter halten sie von dieser oft schweren Aufgabe nicht ab.

Elisabeth ist in dieser Zeit ein unruhiges Kind, sie stört den Unterricht, kann sich nur schwer konzentrieren, weint viel, wirkt abwesend. Oft zerrt die Lehrerin sie zum Rektor in die achte Jungenklasse hinauf, weil sie mit der Schülerin nicht zurechtkommt. Der hört sich an, was die Lehrerin vorzubringen hat, und entscheidet nach einer Weile freundlich: „Geh nach Hause, Elisabeth, dein Vater kann jede Hand in der Backstube brauchen. Hilf ihm. Er wird sich freuen. Und sag ihm einen schönen Gruß."

Eine Verwandte wird für zwei Jahre Elisabeths Lehrerin. Jetzt hat es das Mädchen noch schwerer. Sie beklagt sich bei seinem Vater über die Schülerin, doch der Vater erwidert aufgebracht: „Wenn du gekommen bist, um dich über meine Tochter zu beschweren, kannst du gleich wieder gehen!"

Tante Eti, Lieblingstante, Ersatzmutter und „Vize-Mama", eröffnet nach dem Krieg im elterlichen Haus eine Puppenklinik, in der sie verloren gegangene Augen und ausgerissene Beine einsetzt und allerlei Spielsachen sowie Wallfahrtsandenken anbietet. Für sie und ihre Familie backt Vater am Wochenende so genannte „Butterbrötchen" als Dankeschön für die Zeit, in der sie immer für die Seinen da war. Wenn

Elisabeth die Sachen abliefert, öffnet Onkel Ewald die Tür einen Spalt breit, schnappt nach der Tüte und schlägt die Tür zu. Er mag Elisabeth nicht leiden. Eti hat ihm vor Jahren vorgeschlagen, Elisabeth zu adoptieren, doch das lehnt Onkel Ewald vehement ab. „Wir können selber Kinder bekommen! Dazu brauchen wir die nicht."

Die Mädchen sind nicht weniger erfinderisch als die Jungen, wenn es um „Dummheiten" geht. Sie steigen durch ein geplant nur angelehntes Fenster in die Klasse ein und putzen den Unterrichtsstoff, den die Lehrerin für den nächsten Tag an die große Wandtafel geschrieben hat, aus. Mit dem Rohrstock gib es 10 oder 20 Schläge auf die Handflächen. Mit Zwiebeln reiben sich die Mädchen die Hände ein, jetzt schwellen sie beängstigend an. Damit, so drohen die ausgefeimten Schülerinnen, würden sie jetzt zum Arzt gehen. Mit dem gesparten Geld, das Elisabeth bei ihren Geschäftsfahrten schon mal geschenkt bekommt, kauft sie sonntags in einem Café von Vaters Kollegen zwei Stücke Kuchen für Freundin Marianne und sich. Versteckt hinter den Mauern der Basilika, verzehren sie das köstliche Naschwerk.

Elisabeth ist mit zwei Mädchen von der Erstkommunion eng befreundet. Sie gehen regelmäßig zur Kirche und bedauern, keine Messdienerinnen sein zu dürfen. Sie lernen die lateinischen Texte der hl. Messe auswendig und suchen zusammen, was man fürs „Messespielen" braucht.

Marlens Vater ist Schuster. Die Arbeit in seiner Werkstatt ist gegen 16 Uhr beendet. Dann stellen sie ein kleines Tischchen mit einem Kreuz auf. Die Schusterfußbank verwandelt sich in eine Kniebank. Gebetbücher, Schalen, kleine Wasserkännchen, Tücher und ein Glöckchen finden ihren Platz.

Eines der Mädchen darf den Gottesdienst leiten, die anderen beiden „dienen". Der Kaplan, der die Erstkommunionvorbereitung leitet, wundert sich, dass Elisabeth das „Vater unser", das „Gegrüßet seist du, Maria" und „Ehre sei dem Vater ..." auf Lateinisch beten kann.

Die Mädchen lassen in dieser Zeit keinen Gottesdienst aus. An einem Sonntagnachmittag fragt ein Mann, ob sie sich freundlicherweise vor das Gnadenbild knien würden. Nein, das möchten sie nicht, antworten sie. Doch der Mann bittet eindringlicher. Der Pastor sei krank und er möchte ihm eine Freude bereiten. Nun, jetzt können sie ihm die Bitte nicht mehr abschlagen. In allen Devotionaliengeschäften im Ort hängen bald Fotos von ihnen, wie sie vor dem Gnadenbild in Gebetshaltung zu sehen sind. Schwarzweißaufnahmen, bunte Bilder, im Sommerflair und Winterweiß, ja, sogar als gezeichnete Kunstkarte. Im Ansichtskartenständer sind sie über Jahrzehnte zu finden.

Elisabeths liebste Cousine Grit, die in der Stadt eine Goldschmiedeausbildung absolviert, unterbricht ihre Arbeit mittags und kommt zu ihnen zum Essen. Sie wird im Laufe der Jahre Zeugin des Trauerspiels, das sich mit Bernadette und den übrigen Hausbewohnern ereignet.

Aber es gibt auch das Gegenteil: Wenn die dunklen Wolken verzogen sind und die Sonne lacht, kehren Verwandte und Bekannte gern bei Wieners ein. Dann wird der Küchentisch verlängert, um mehr Sitzplätze zu schaffen. Von dem, was aufgetragen wird, werden alle satt. Die beiden Hunde Bubi und Teddy freuen sich über die Reste.

1958, im Alter von 14 Jahren, besucht Elisabeth das Internat in Steyl. Zu Hause will sie nicht bleiben, die Familie ist ihr fremd geworden. Sie fühlt sich ihr nicht zugehörig, schon allein optisch. Sie hat dunkelblonde, die Geschwister rote und kastanienbraune Haare. Bruder Adolf empfindet sich früher schon gehänselt: „Da kommt der rote Adolf daher, die Mutter hat es gut. Sie braucht nun kein Petroleum, der Adolf, der leuchtet sehr."

Vor dem Aufbruch feiert Elisabeth mit ihren Freundinnen im hauseigenen Café Abschied. Wie sie nun zur Andacht an der Gnadenkapelle vorbei zur Basilika gehen, packt Elisabeth eine tiefe Trauer und sie weint bitterlich. Schwester Brigitte ist äußerst besorgt, aber Elisabeth bringt kein Wort heraus. In den folgenden Monaten kommen die Freundinnen, wenn es erlaubt ist, mit dem Fahrrad nach Steyl, um sie zu besuchen.

Der Kaplan hätte Elisabeths Schwester Brigitte gern als Haushälterin eingestellt, und sie ist auch nicht abgeneigt, doch das Pflichtgefühl dem kranken Vater und dem Betrieb gegenüber bindet sie weiter an das Elternhaus.

Für Elisabeth könnten sich nach der „Mittleren Reife" und dem „Staatlichen Hauswirtschafts-Examen" verschiedene Berufsmöglichkeiten öffnen. Stattliche Angebote sind dabei. Mit ihrem Onkel Augustin, Mutters Bruder, dem Steyler Missionar und späteren Bischof von Alto Parana in Paraguay, der vor Jahren die kleine Reisegruppe nach Mitteldeutschland begleitet hat, steht sie in regem Briefkontakt. So entschließt sie sich, obgleich sie sich völlig unreif fühlt, zum Eintritt in die Steyler Missionsgesellschaft. Bernadette ist froh. „Die Dern is jut versörgt!", lässt sie die Verwandten wissen.

Onkel Hein, ein Bruder ihrer Mutter, fährt sie auf seinem Transportwagen nach Holland. In einem großen Schließkorb befinden sich Handtücher, Servietten, Wäschestücke aller Art, Oberbetten, Kissen, Bettbezüge, Ausstattungsdecke, Kleidung. Onkel Hein trägt die Sachen ins Schwesternhaus. Dann nimmt er Elisabeth beiseite: „Mädchen, wenn es dir hier nicht gefällt, es nicht dein Weg ist, melde dich bei mir. Dann komme ich, dich wieder abzuholen."

Wie er ihr später erzählt, habe er innerlich gespürt, dass die Nichte hier nicht glücklich werden würde.

Sie erhält den Schwesternnamen Maria Consolación. Consolación heißt Trost. Soll sie trösten oder getröstet werden? Die Zeit als Postulantin und Novizin sind keine Herrenjahre. Das Leben in Klausur, in Zurückgezogenheit und Gebet verändern den Lebensrhythmus. Manche Tage sind erfüllt von Zweifeln, andere wiederum geben Genugtuung und die Gewissheit, auf dem richtigen Weg zu sein. Welche Gegensätze: Als Kind wird Elisabeth stets ermahnt, gerade zu gehen, den Kopf hoch zu halten, die Schultern zurückzunehmen, den Bauch einzuziehen. Sie bekommt schließlich ein Korselett mit mehreren Stangen angepasst, das vom Hals bis zum Gesäß reicht und sie zum Geradelaufen zwingt. Niemand ahnt, dass Elisabeth an einer Skoliose** leidet.

Im Kloster empfiehlt man ihr das Gegenteil. Die Oberschwestern mahnen: „Trag den Kopf nicht so hoch, sei bescheiden, schau nach unten."

*** Bei Skoliose handelt es sich um eine seitliche Verbiegung der Wirbelsäule, wobei die Wirbelkörper dreidimensional verformt sind. Gleichzeitig rotiert die Wirbelsäule um die Längsachse. Brust- und Lendenwirbelsäule können ebenso betroffen sein wie die Übergangsbereiche zwischen verschiedenen Wirbelsäulenabschnitten. Dabei kann sich die Wirbelsäule nach links (linkskonkav) oder rechts (rechtskonkav) verbiegen. Dazu kommt eine Verdrehung des Beckens gegenüber dem Schultergürtel.*

Die Zeit des spirituellen Wachstums wird leider durch wiederholte Besuche der Stiefmutter unterbrochen. Die Oberin hat offenbar Mitleid mit ihr, gestattet ihr zu kommen. Bernadette beklagt sich über die, wie sie meint, häuslichen Missstände und Vaters Trunksucht. Die sind für das Ordensleben kontraproduktiv und bescheren Elisabeth eine tiefe Krise.

Bernadette gewöhnt sich nur schlecht daran, dass Friedhelm mit seiner Frau Marga die Leitung des Geschäftes übernommen hat. Sie haben ein Kind, Maria. Bernadette packt mehrmals ihre Tasche und droht, auf den elterlichen Hof zurückzukehren.

„Macht euch nur dick und breit. In den Notjahren war ich es, der den Betrieb aufrechterhalten hat."

„Das weiß ich. Jetzt sind andere Zeiten. Vater hat …"

„Dein Vater ist krank, der weiß doch nicht mehr, was hier abläuft. Der Alkohol hat ihn ruiniert."

„Aber es ist doch üblich, dass die Nachfolge im Betrieb geregelt wird."

„Üblich schon. Aber jetzt? Ich habe alles mit aufgebaut, mich krumm gearbeitet und werde fallen gelassen wie eine heiße Kartoffel."

Die Lage spitzt sich zu. Täglich kommt es zu verbalen Attacken, die Worte fliegen wie Geschosse hin und her. Marga kann der Schwiegermutter nichts recht machen. An allem kritisiert sie herum. Mittags verzieht sie sich, weil sie das, was Marga gekocht hat, nicht essen mag. Schließlich kommt es zu einer Aufteilung: „Diese Woche koche ich, die nächste du!"

Bald stößt Bruder Friedhelm an die Grenzen seiner Geduld. Er verlässt Betrieb und Elternhaus. Für Fritz Wieners ist es ein verheerender Schlag. Um die Vakanz in der Bäckerei zu überbrücken, kehrt die jüngste Tochter für kurze Zeit nach Kevelaer zurück. Elisabeth versucht, den Vater zu trösten. In der Zeit zu Hause erzählt Fritz Wieners ihr von seinen Kriegserlebnissen. Es hat lange gedauert, bis sich die Zunge löst und er von seinen Erfahrungen und Leiden berichten kann. Die Zeit unergründlichen Schweigens ist vorbei. Den beiden bleibt nicht mehr viel Zeit. Mund- und Kiefergelenke des Vaters sind von Krebs befallen.

Im Juni 1964 legt Elisabeth in Steyl die zeitlichen Gelübde ab. Fritz Wieners ist bei der Feier dabei. „Wie du so vor dem Altar auf dem Boden lagst, spürte ich, wir sehen uns nicht wieder", sagt er nach der Weihehandlung. Drei Monte später stirbt er im Klinikum Homberg nach einer Krebs-Operation. Es ist das Fest Mariä Geburt. Oft hat er zitiert: „Marie Geburt ziehen die Schwalben furt" und die Tochter dabei traurig angesehen.

Elisabeth fährt in Ordenstracht zur Beerdigung ihres Vaters nach Hause. Die klösterliche Bedingung für die Reiseerlaubnis ist, dass sie daheim ein eigenes Zimmer bekommt und nicht mit jemand anderem nächtigt, beim Essen nicht mit der Familie, sondern allein die Speisen zu sich nimmt. Diese Vorschriften nimmt die junge Schwester sehr genau. Die Exequien versammeln die ganze Gemeinde in der Basilika, wo auch der Sarg steht. Nach dem Gottesdienst zieht die junge Ordensfrau auf dem Weg durch die Hauptstraße zum Friedhof die neugierigen Blicke der Leute auf sich. Am Ende ist Elisabeth froh, wieder in Steyl zu sein.

In ihren ersten Klosterjahren beginnt Elisabeths persönliche ganzheitliche Entwicklung. Sie erlebt Liebe, Nähe, Zärtlichkeit, Zuneigung und Freundschaft. Aber „Privatfreundschaften“ sind streng verboten. Es gibt Schwestern, die glauben, sie bei der Oberin „anzeigen“ zu müssen, wenn sie irgendwie gegen die Ordensregel verstößt. So bleibt die Angst, etwas falsch zu machen. Doch es gibt auch Ordensfrauen, die Schwester Maria Consolación wunderbar begleiten. Trotzdem brechen ihre alten Ängste und Anlehnungsbedürfnisse wieder auf. Der Beichtvater spricht vom Teufel, der dabei sei, sie zu verführen. Da ist ein Pater, der wohl Gefallen an ihr findet und den sie auch schätzt. Solche Annäherungen aber sind mit dem Klosterleben nicht vereinbar. Welche Hoffnungen weckt das Zweite Vatikanum.

In jener Zeit hat Spiritualität nicht den gewünschten Stellenwert. Es geht vielmehr um die Pflege des „Viertelstundengebetes“, um Demutsübungen, Kasteiungen und Äußerlichkeiten. Nachts schleicht sich Schwester Maria Consolación in die Bibliothek, um auf der alten Schreibmaschine Texte aus Büchern von Romano Guardini, Alfred Delp, Teresa von Avila und Aussagen der Wüstenväter abzuschreiben. Ihr Seelenleben benötigt Hilfe. Eine kurzfristige therapeutische Begleitung wird ihr gewährt. Doch sie führt nicht weiter.

Die schlaflosen Nächte häufen sich. Stundenlang liegt sie wach, lauscht auf die Wirbel des Windes vor ihrem Zellenfenster, der manchmal Sturmstärke erreicht. So ist auch ihre Seele den Schwankungen unterworfen; ein Auf und Ab der Gefühle, der Stimmungen und Unsicherheiten. Kann sie noch länger hier bleiben, ohne sich selbst zu verraten?

Im Stillen reift in Elisabeth der Entschluss, das Kloster zu verlassen. Tagelang schiebt sie die Aussprache darüber vor sich her. Eine passende Gelegenheit vergeht, vielleicht kommt ja noch eine andere, eine bessere. Schließlich fasst sie Mut und berichtet stockend von ihrem Entschluss. Die Oberin schweigt mit steinernem Gesicht. Wenn sie jetzt losbrüllen würde, wäre das eine Erlösung. Aber das erstarrte Schweigen peitscht die empfindliche Seele. Im Konvent schlägt eine solche Nachricht ein, als habe man in ein Wespennest gestochen. Die Mitschwestern gehen ihr aus dem Weg, rücken ab, als habe sie eine ansteckende Krankheit, malen ihr aus, was mit solchen Abtrünnigen geschieht. Niemand, der versteht, was in Elisabeth vorgeht, was sie bewegt, diesen schweren Schritt ins Dunkel einer ungewissen Zukunft zu tun. Eine Schwester habe nach dem Austritt sogar einen tödlichen Unfall erlitten, wird ihr ausgemalt.

Elisabeth ist 24 Jahre alt, als sie die Ordenskleidung mit Ablauf der „Zeitlichen Gelübde“ ablegt. Allein befindet sie sich im letzten Zimmer des großen Klosters hinter verschlossenen Türen und schlüpft weinend in das dunkelblaue Jackenkleid, das sie sich zuvor in Venlo besorgt hat. Kommt denn niemand, um sie zu verabschieden? Sie lauscht auf Schritte im Gang. Nein, niemand lässt sich blicken. Dann schnappt sie ihren Koffer. Sie verlässt das Kloster durch einen hinteren Ausgang. Die Tür fällt ins Schloss.

Wohin? Onkel Hein steht mit seinem Lieferwagen da, um sie abzuholen.

„Du bist eine Schande für unser Haus“, so empfängt Bernadette ihre Stieftochter. Wie hätte ihre Mutter Maria sie wohl empfangen, wenn sie noch leben würde? Eine Schande – nein, eine Schande wäre sie nicht gewesen, sondern ein Mensch, der Zuflucht und Hilfe braucht. Elisabeth kann in

Kevelaer nicht bleiben. Für kurze Zeit arbeitet sie als Hausangestellte in Mönchen-Gladbach-Rheindahlen bei einem Fabrikantenehepaar. Doch wegen sexueller Belästigung kann sie das Arbeitsverhältnis nicht aufrechterhalten. Zeugnisse, Ausweise und Urkunden werden ihr nachgeschickt, doch die Stiefmutter fängt sie ab und wirft sie ins Feuer.

Mit den Zeugnissen und Dokumenten aus dem Kloster erhält Elisabeth eine Anstellung als Klinik-Sekretärin in der Kinderklinik in Neuss. Hier gefällt es ihr bestens, sie hat guten Kontakt zu den Mitarbeiterinnen, sie arbeitet nachmittags in den Kindersprechstunden des leitenden Professors mit, wird in der Ambulanz und Notaufnahme eingesetzt.

„Jetzt fehlt dir nur noch ein Freund zu deinem Glück", scherzen die Kolleginnen.

Elisabeth wehrt ab. An einen solchen Schritt hat sie bisher nicht gedacht. Aber manche Fügungen werden ohne großes Zutun wahr. Sie lernt wirklich einen sympathischen Mann kennen, wechselt als Direktionsassistentin zur Uniklinik Köln-Merheim, heiratet, bekommt zwei Kinder und lebt im Elternhaus ihres Mannes. Ihr Arbeitsplatz ist nun die Familie mit Haus und Garten und die Sorge um die an Schilddrüsenkrebs erkrankte und mit Diabetes und Herzproblemen geschlagene Schwiegermutter. Eigentlich könnte das Leben in ruhigen und geordneten Bahnen verlaufen wie in unzähligen anderen Familien.

Als Frau und Mutter kann Elisabeth auch in der Gemeinde ehrenamtliche Dienste verrichten, ist zur Vorsitzenden des Pfarrgemeinderates gewählt, wirkt bei der Caritas mit, bildet sich fort, macht Zusatzkurse, beteiligt sich am „Rollenden Mittagstisch", wird Senioren-Reiseleiterin. Es gibt so viele Initiativen, denen Elisabeth ihre Kraft schenkt.

Elisabeths Mann weiß um die Recherchen seiner Frau um ihre Mutter. Er besitzt eine große Bibliothek. „Alles kannst du lesen“, versichert er ihr, „nur bitte dieses Buch mit dem schwarzen Cover nicht.“ Der Titel des Buches lautet „Macht ohne Moral“. Elisabeth ignoriert die Bitte und liest. In dem Buch befindet sich ein Hinweis auf Uchtspringe als ausgewiesenes Konzentrationslager. Nun wird sie alles daransetzen, um den Mord an ihrer Mutter zu beweisen.

Doch dann steht sie vor einer anderen Hürde: Es ist der Alkoholkonsum ihres Mannes. Er freundet sich mit einem Dominikanerpater aus Köln an, den das Ehepaar bei einer Missionswoche kennenlernt. Der Pater ist ebenfalls dem Alkohol nicht abgeneigt und beide betreiben diese Leidenschaft bis zum Exzess. Elisabeth organisiert verschiedene Hilfsangebote, die abgelehnt werden.

Mit den Jahren kann sie den physischen und psychischen Druck trotz ärztlicher Hilfe nicht aushalten. Es kommt zu einem fürchterlichen Desaster und schließlich zum Zusammenbruch der Ehe.

Nun steht abermals eine berufliche Neuorientierung ins Haus. Elisabeths Berufsbild ist vielseitig. Sie arbeitet als Pförtnerin und Taxifahrerin für einen Orden, Stationsassistentin in einem Krankenhaus, Mitglied der MAV-Mitarbeitervertretung, Empfangsdame in einer Klinik, Begleiterin demenziell erkrankter Menschen.

Aber über all die Jahre vergisst sie das Schicksal ihrer Mutter nicht. Und mit zunehmendem Alter wächst der Wunsch, ihren Spuren nachzugehen, obgleich sie Maria Wieners nie kennengelernt hat.

In der Erinnerung ihrer Brüder tritt die Mutter nur schemenhaft auf. Der Zahnarzt ihres Bruders Friedhelm verabschiedet sich in den 70-er Jahren eines Tages in den Urlaub. Er berichtet, dass er in die Heimat im Osten fahren werde. Es stellt sich beiläufig heraus, dass er einst in der Nähe von Uchtspringe zu Hause war.

„Ach, Herr Doktor, könnten Sie mir einen Gefallen tun?"

„Wenn ich kann, gern. Was soll ich denn erledigen?"

„Unsere Mutter, Opfer von Hitlers Euthanasie, hat dort den Tod gefunden. Vielleicht könnten Sie einen Blumenstrauß auf dem Grab hinter den Gebäuden niederlegen. Hier, ich gebe Ihnen Geld dafür." Als Erkennungszeichen gilt ein Emailleschild mit einer Nummer darauf.

Der Zahnarzt findet die Stelle und stellt einen Herbststrauß auf das Grab.

Die Gelegenheit einer näheren Spurensuche bietet sich nach der Wende, als Stacheldraht und Mauer gefallen sind. Zusammen mit Tante Eti und einem priesterlichen Freund besteigt Elisabeth 1998 einen Zug Richtung Mitteldeutschland. Es ist ein regnerischer Tag, ohne Freude, grau. Das Krankenhausareal in Gardelegen liegt wie ein schwerer abgeschirmter Block vor ihnen. Sie sehen die Klinik mit den Augen von Onkel Augustin, der Maria Wieners hier abgeliefert hat, weil ihr Nervenzusammenbruch seinerzeit im Zug sie aus den Gleisen geworfen hatte. Inzwischen hat sich das Haus natürlich verändert, außen wie innen. Die kleine Besuchergruppe geht erschüttert und weinend von Tür zu Tür, ahnend, welche Tragödien sich hier abgespielt haben. Hinter einer dieser Türen hat Elisabeths Mutter ihre kurze Zeit zugebracht, bevor sie die tödliche Spritze erhielt. Oder hat man sie verhungern lassen?

Einen Friedhof gibt es nicht. Doch irgendwo in dem Gelände müssen die Gebeine Marias bestattet worden sein. Sie finden eine Stelle unter den wenigen Sträuchern und kleinen Baumgewächsen, die sie zum möglichen Beerdigungsort erklären. Hier richten sie ein kleines Grab ein, schmücken es mit Blumen und Kerzen. Ein unbeschreiblicher Augenblick. Jeder geht seinen Gedanken nach, schweigt und weint. Der Priesterfreund segnet das Grab. Sie verweilen noch lange schweigend.

Bei Elisabeth türmen sich die Gedanken zu einem Berg auf: Ich habe dich nicht gekannt, und ich hätte dich von Herzen gern zur Mutter gehabt – wie meine Geschwister. Ich habe mir ein Bild von dir gemacht, das über die Darstellung auf dem Foto, das wir von dir haben, hinausgeht. In Gedanken verziehst du den Mund zu einem Lächeln, du blickst mich an und nicht an mir vorbei wie auf dem Bild. Ich hätte dich gern singen gehört, denn alle schwärmen, was für eine schöne Stimme du hattest. Ich hätte aber auch gern deine feste, entschlossene Sprache vernommen, mit der du den Nazi-Anhängern die Meinung gesagt hast. Ich hätte als Kleinkind so gern in deiner Armbeuge gelegen und die wiegenden Bewegungen deines Oberkörpers gespürt. Hätte als heranwachsende Tochter ausdauernd mit dir diskutiert, denn du hattest eine feste Meinung zu den Dingen des Alltags. Ich hätte, ja, hätte, doch es ist anders gekommen. So hast du mich zwar in deinem Leib getragen, mich geboren, ich spüre, die Nabelschnur des Zusammengehörens wurde nie zerschnitten.

Hinter einer Hecke fällt der Blick auf eine kleine unscheinbare Hütte. Eine alte Frau hat die Gruppe beobachtet. Jetzt kommt sie heraus, klemmt ihre Handtasche fest unter den Arm aus Angst, man könnte sie ihr wegnehmen. Tante

Eti spricht sie an, gewinnt ihr Vertrauen, redet mit ihr, schildert, warum die keine Delegation vor Ort ist.

„Kommen Sie“, lädt sie die Besucher ein, auf der Bank vor ihrem Häuschen Platz zu nehmen. Dann erzählt sie von den Kriegsjahren. Ja, sie hat in diesem Krankenhaus gearbeitet, eine schreckliche Zeit. Diese massenhaften Tode, das furchtbare Leiden der Menschen. Es fällt schwer, über diese Phase ihres Lebens zu sprechen. „Ich musste zu viel miterleben“, sagt sie mit belegter Stimme.

„Wollen Sie heute noch weiter?“

„Wir suchen nur eine Schlafgelegenheit für die Nacht. Hotels gibt es hier wohl nicht.“

„Hm, da werde ich wohl meinen Neffen anrufen und ihn fragen, wo Sie unterkommen können.“

Der Neffe hilft. Es wird eine unruhige Nacht. Die Gedanken schwirren orientierungsuchend durch den Halbschlaf. Am nächsten Morgen besorgt der Priesterfreund einen Leihwagen. Sie sind nun beweglicher und können die Umgebung inspizieren, die Orte aufsuchen, wo die Patienten Unmenschliches gelitten haben.

Elisabeth und ihre Begleitung sehen einen Schuppen, in den Menschen hineingedrängt und anschließend verbrannt wurden. Für die Öffentlichkeit wurde behauptet, die Kranken seien zum Schutz in eine Kirche gebracht worden. Die Besucher stehen sprachlos vor dieser „Hölle“, sehen Berichte und Fotos an den Wänden. Tante Eti gerät bei dem Gedanken, dass ihre Schwester hier vielleicht ihr Ende gefunden hat, ins Wanken. Schwindel befällt sie. Der Priester fängt sie auf, stützt sie auf dem Weg zurück zum Wagen.

Das nächste Ziel ist das Haus, in dem die Familie während der Evakuierungszeit über zwei Jahre unter erbärmlichen Umständen gelebt hat. Daran kann sich Elisabeth nicht erinnern. Sie war ja erst wenige Monate alt, als sie hier einzogen. Aber für Tante Eti stehen die Bilder der Vergangenheit wieder wie aus dem Dunkel emporgehoben vor ihren Augen. Jetzt wird ihr erneut bewusst, unter welchen erniedrigenden Umständen sie mit ihren Lieben hier hausen musste. Diese Konfrontation belastet sie schwer.

Die Landschaft hinter dem Deich hat sich kaum verändert. Ein paar Häuser sind dazugekommen, Nebenstraßen sind gepflastert worden. Die großzügige Weite der Landschaft hat sich erhalten. Am Deich grasen ein paar Schafe in den Lücken zwischen dem schmelzenden Schnee. Die Störche, erzählen ein paar Alte, die das Kriegsende hier erlebten, haben den Weg in ihre Sommerquartiere wiedergefunden, so als hätten ihre Altvorderen die Zwischenzeit wie in einem hundertjährigen Schlaf zugebracht.

Noch einmal reist Elisabeth nach Uchtspringe, diesmal in Begleitung ihrer Tochter Martina mit ihrem Ehemann Klaus und den beiden Enkelinnen Carolina Marie und Antonie Sophie. Von Berlin aus brechen sie auf. Sie haben der Mutter als Geburtstagsgeschenk eine Reise „ins Grüne“ versprochen und das Ziel wird die frühere NS-Euthanasieanstalt. Die Fahrt wird zu einer belastenden Begegnung mit der dunklen Vergangenheit, von der die Besucher keine Ahnung haben, aber jetzt, konfrontiert mit den Ereignissen der damaligen Zeit, eine Vorstellung von der Menschenverachtung des einstigen Regimes erhalten.

Die Kinder packt das kalte Grauen. Die Tochter ist entsetzt beim Anblick der bedrohenden Gebäude, über die der Fluch der Vergangenheit liegt. Dann stehen sie vor dem Denkmal, Tochter Martina links, Mutter Elisabeth rechts. Mutter und Tochter weinen, obgleich sie die Ursache ihrer Trauer nie kennengelernt haben. Doch beide spüren das teuflische Charisma dieses Ortes. Elisabeth hat nicht die Kraft, zu Martina hinüberzugehen und sie in den Arm zu nehmen. Dabei spüren beide das unbändige Verlangen zu diesem Schritt.

Das Euthanasie-Mahnmal trägt in Bronze die Inschrift: „Den Frauen, Männern und Kindern, die während des Nationalsozialismus in der Landesheilanstalt Uchtspringe gedemütigt, getötet oder von hier aus in den Tod geschickt wurden“.

Dann gehen die Besucher wortlos zum Auto und fahren schweigend zurück nach Berlin.

Für Elisabeth ist die Reise ein Aufbruchssignal. Sie fühlt sich verpflichtet, ihre Mutter nicht einfach dem Vergessen zu überlassen. Für sie ist sie ein Opfer der NS-Willkürherrschaft und das darf, wie das Leben ungezählter Schicksalsgenossinnen, nicht dem Dunkel überlassen werden.

Doch zunächst gilt es, ihr Leben zu ordnen, neue berufliche Wege zu gehen. Im Internet erfährt sie von einer Initiative junger Menschen gegen den Bau von Atom-U-Booten in Schottland. Sie denkt an die Zukunft ihrer Kinder, die atomare Bedrohung und an den gefährdeten Frieden. Mit einigen Mitstreitern aus Deutschland schließt sie sich im März 2007 in Glasgow den Protestlern an mit der Folge, dass sie alle für zwei Tage im Gefängnis landen. Bei der Freilassung danken einige Beamte der Widerstandsgruppe für ihren Einsatz und der Taxifahrer nimmt kein Geld. Menschen säumen die Straße und klatschen in die Hände.

Elisabeth will den Orten des Unheils während der Euthanasie-Kampagne des Nationalsozialismus näher sein. Von Berlin-Neukölln aus bietet sich eher eine Gelegenheit dazu als aus dem heimischen Nordrhein-Westfalen. Der „Soziale Brennpunkt“ und die Arbeit der Comboni-Schwestern*** mit „Solwodi“**** wecken ihr Interesse.

Die Gründung des Vereins „Gegen das Vergessen – Für Demokratie e. V.“ bietet ihr eine Plattform für ihre Recherchen über den Verbleib ihrer Mutter. Ein erster Erfolg für die Tochter ist nach vielen Anstrengungen die Erklärung der Bundesrepublik Deutschland, dass Maria Wieners als Euthanasieopfer von den Nazis getötet worden ist.

Nach dem allgemeinen Kriegsfolgengesetz stellt die Bundesfinanzdirektion Köln West am 15. Oktober 2015 fest: „Es kann aufgrund der durchgeführten Ermittlungen davon ausgegangen werden, dass Ihre Mutter, Frau Maria Wieners, geboren am 26. Februar 1906 in Kevelaer, im Januar 1945 in der Heil- und Pflegeanstalt Uchtspringe, wohl im Rahmen des Euthanasieprogramms, getötet wurde. Bei der Unterbringung in einer Krankenmordanstalt und den dort herrschenden unmenschlichen Lebensumständen, die zum Tod Ihrer Mutter führten, handelt es sich zweifellos um eine nationalsozialistische Unrechtsmaßnahme.“

**** Daniel Comboni (1831-1881) gründete 1872 eine internationale Gemeinschaft von Missionsschwestern. Heute gehören ihr etwa 1120 Frauen aus über 30 Ländern an.*

***** „Solwodi“ ist eine internationale Menschenrechts- und Hilfsorganisation zur Beratung und Betreuung von Opfern von Menschenhandel, Zwangsprostitution und Beziehungsgewalt.*

Nach Hitlers Euthanasie-Erlass wurden, wie sich später herausstellt, in der Uchtspringer Klinik 350 Kinder und 1787 Erwachsene umgebracht. 1940 gingen zwölf, 1941 vierzehn Transporte in andere Tötungszentren.

Wie kann Elisabeth das Andenken an ihre Mutter sichtbarer in Erinnerung rufen als durch einen Stolperstein, den der Künstler Günter Demnig vor dem Elternhaus Maasstraße 35 verlegt? Der Wallfahrtspfarrer unterstützt sie dabei. Bis auf eine Ausnahme erleben die Geschwister diesen Tag nicht mehr. Tante Eti wäre über diese späte Würdigung ihrer Schwester sicher sehr glücklich gewesen, sie ist in einem Seniorenstift im September 2009 in den Armen von Elisabeth gestorben.

Seither wächst in Elisabeth der Wunsch, wieder in die Heimat zurückzukehren.

In Berlin muss sich sich von manchen Aufgaben lösen: Sie ist inzwischen Flughafen- und Notfallseelsorgerin, absolviert eine Ausbildung als Kirchliche Telefonseelsorgerin und E-Mail-Seelsorge-Beraterin. Beim Abschied bekommt sie den Schlüssel zum Flughafenbüro, sie kann jederzeit wieder in den aufgegebenen Dienst zurückkehren.

Jetzt in Kevelaer bietet ihr die Wallfahrtsgemeinde St. Marien ein weites Betätigungsfeld. Die Pfarr-Caritas und die Gruppe „Spiritual care“ sind nur zwei Anknüpfungspunkte. Elisabeth begleitet die Pilger, betet mit ihnen den Kreuzweg, ist Messdienerin, was sie in ihrer Kindheit nicht sein durfte, sorgt für den Blumenschmuck in der Kapelle, ist Lektorin an Sonn- und Feiertagsgottesdiensten in deutscher und niederländischer Sprache, arbeitet als Seelsorgerin und Kommunion-Helferin im Krankenhaus.

Der Tag ist ausgefüllt mit vielen kleinen Diensten. Langeweile kommt nicht auf. Oft geht sie am Elternhaus in der Maasstraße 35 vorbei, das heute anderen Menschen gehört, und betrachtet den am 23. November 2016 verlegten zehn mal zehn Zentimeter großen Stolperstein aus Messing, der ein Stück unglücklicher Geschichte dokumentiert, aber auch an ihre eigene Geschichte erinnert, die freudige Momente auszeichnet, aber ebenso leidvolle Erfahrungen wachhält. Am Ende, meint Elisabeth, hat auch ihre Geschichte ihre Berechtigung. Sie hat sie geformt und widerstandsfähig gemacht, auch wenn sie sich früher oft minderwertig und wertlos vorkam.

Ihre Seele ist aus diesem Lebenskampf reicher und gestärkt hervorgegangen und ihr Herz ist empfangsbereiter für die Nöte der Menschen.

1892 fasste der Landtag der preußischen Provinz Sachsen den Entschluss, zur Entlastung der Anstalten Nietleben bei Halle und Altscherbitz eine neue Heil- und Pflegeanstalt zu bauen. Voraussetzung waren vorzügliche Luft und reichlich gutes Trinkwasser in einer landschaftlich schönen Gegend. Die Suche endete beim Gut Modderkuhl bei Börgitz zwischen Stendal und Gardelegen. Hier gab es 200 Hektar gutes Land, davon 75 Hektar Ackerland, zehn Hektar Wiese, der Rest war Wald, Heide und Moor. In der Nähe lag die Berlin-Lehrter Eisenbahn als Voraussetzung für die Transportmöglichkeiten. Statt Modderkuhl – Schlammkuhle – wählte man den Namen Uchtspringe, denn in der Nähe entsprang das Flüsschen Uchte.
Geplant war ein Aufenthalt von 500 Patienten. Ursprünglich sollte die Klinik „Provinzial-Epileptischen- und Blöden-Anstalt“ heißen, doch schließlich setzte sich der Name „Heil- und Pflege-Anstalt“ durch. Eröffnung war am 1. Oktober 1894.
Unter dem Direktor Konrad Alt entwickelte sich die Anstalt zur einer „Heilstätte für alle Formen nervöser und psychischer Erkrankungen, ein Zentrum für die ärztliche und wissenschaftliche Erforschung dieser Krankheiten, eine Stätte, von der weit über die Grenzen Deutschlands hinaus in allen diese Gebiete berührenden Fragen Belehrung und Anregung ausging“.

Aus der preußischen Entstehungsgeschichte des Krankenhauses

Landtagspräsident Prof. Dr. Spotka bei der Einweihung des Euthanasie-Mahnmals am 15. September 2004:
Zitat: „Ab 1940 war Uchtspringe eine „Zwischenanstalt" der „Aktion T4" für die Tötungsanstalten Brandenburg und Bernburg. 196 Patienten der Provinzial- Heil- und Pflegeanstalt Kortau kamen 1941, 1942 349 Patienten der von Tapiau nach Uchtspringe. Insgesamt wurden von Uchtspringe 1787 Menschen in die Gaskammern nach Brandenburg und Bernburg transportiert. Zwischen 1934 und 1941 sind in der damaligen Heilanstalt Uchtspringe 765 Patienten zwangssterilisiert worden. Etwa 500 Menschen wurden in den Jahren 1940 bis 1945, die meisten Kinder, durch medikamentöse Überdosierung ermordet.
Außerdem bestand hier eine „Kinderfachabteilung" des „Reichsausschusses zur wissenschaftlichen Erfassung von erb- und anlagebedingten schweren Leiden" unter heute bekannten Tötungsärzten. Der frühere Direktor der Anstalt Uchtspringe, Dr. Heinrich Bernhard, kam nach Auschwitz und wurde vergast."

Als das Mahnmal errichtet wurde, sprach der Ärztliche Direktor des Krankenhauses, MR Dr. Volkmar Lischka, die Worte:

„Der Gedenkstein ist unser Bekenntnis, nicht zu verdrängen, sondern die Augen bewusst auf die Schuld der hier tätig gewesenen Psychiater und ihrer Helfer zu richten. Die Grundfesten ärztlicher Ethik wurden in grausamer und zynischer Weise pervertiert, sodass man sich am liebsten nur erschüttert abwenden und distanzieren will. Das ist aber keine Lösung. Die Opfer und ihre Angehörigen haben ein Recht darauf, dass wir, soweit es möglich ist, weiter zur schonungslosen Aufklärung der Geschehnisse beitragen und ihr Andenken ehren. Diese Verantwortung für die Vergangenheit lässt sich nicht delegieren. Auch daran wird der Gedenkstein uns und die nachfolgenden Generationen unserer Berufsgruppe stets erinnern."

„Zunächst kann man in diesem Fall wohl davon ausgehen, dass es sich wirklich um eine rezidivierende Psychose bei Maria W. gehandelt hat. Bei dem Ausmaß, mit dem sie ihre Kinder gegen die Nazi-Indoktrination auch öffentlich geschützt hat und durch Repressalien in Kauf genommen hat, könnte man sogar auch von Elementen politischer und religiöser Verfolgung bei ihr sprechen. Insofern klingt der Vergleichsvorschlag der Bundesfinanzdirektion West – angesichts des geringen empirischen Wissens – sogar einigermaßen plausibel.

Jedoch scheint mir hier die Besonderheit des Ortes und des Zeitpunkts des Todes- bzw. Tötungsereignisses zu wenig berücksichtigt. Denn hier befindet sich Uchtspringe in einer eigenartigen Übergangssituation zur Euthanasie als Normalbehandlung, wie dies die Nazis für die Friedenszeit (dann auf gesetzlicher Grundlage) vorgesehen hatten. Während nämlich Uchtspringe offiziell noch als ‚Zwischenanstalt' galt, war die Anstalt zugleich auch schon ‚ermächtigt', selbst in großem Umfang zu töten, nicht mehr nur in Tötungseinrichtungen zu ‚verlegen', wie die erhaltenen statistischen Zahlen es erschreckend ausweisen. Außerdem war in Uchtspringe auch schon der Unterschied zwischen Kinder- und Erwachseneneuthanasie entfallen, wie auch schon die Zuständigkeit von Frau Dr. W. – für Kinder- und Frauentötungen – zeigt. Und dies auch noch unter der besonderen Führer-Ergebenheit des Direktors B., wie bekannt. Hinzu kommt endlich die drangvolle Enge des Kriegsendes, wo – wie ebenfalls bekannt – die Tötungsentscheidung oft das Zusatzmotiv bekam, Platz für die übrigen Patienten zu schaffen. Da gehört die angegebene Todesursache ‚Wundinfektion' bei ‚Beinverletzung' schon zum Basiswissen der Assistentin B. der Mordverheimlichungsstrategie, nach verdächtig kurzer Zeit nach Rückkehr vom Weihnachtsurlaub.

Fazit: Es spricht m. E. deutlich mehr dafür, dass Frau W. der NS-Euthanasie zum Opfer gefallen ist, als dagegen."

Prof. Dr. Dr. Klaus Dörner, eine persönliche Stellungnahme zum Tode von Maria W.

Stolperstein für Maria W.

Literatur

Aufzeichnungen der Familienmitglieder.

Schilderungen der Elisabeth W.
Die wahren Namen wurden geändert.

Geldrischer Heimatkalender 2019. Herausgegeben vom Historischen Verein für Geldern und Umgebung.

Gerhard Czermak: „Christen gegen Juden". Geschichte einer Verfolgung. Von der Antike bis zum Holocaust, von 1945 bis heute. rororo Sachbuch 1997.

Stadtarchiv Neuss. Bombardierung des Josefklosters 1944. „100 Jahre Gütchen. Aus der Geschichte der Neußer Augustinerinnen", in: „Neuß-Grevenbroicher Zeitung" vom 11. Oktober 1958.

Arnulf Scriba: „Die Ardennenoffensive 1944". Deutsches Historische Museum, Berlin, 19. Mai 2015.

Dr. Daniel Niemetz: „Zweiter Weltkrieg: Kriegsende in Mitteldeutschland". MDR 8. Mai 2020

Bildnachweise

Seite 28:
https://commons.wikimedia.org/wiki/File:Bittkau_alter_Trafo.jpg
Georgfotoart, CC BY-SA 4.0 <https://creativecommons.org/licenses/by-sa/4.0>, via Wikimedia Commons

Alle anderen Bilder: privat

Schutzengel Helmut

Hermann Multhaupt
»Schutzengel Helmut«
Taschenbuch, 76 Seiten
ISBN: 978-3-944974-56-9
Preis: 7,90 €
dialogverlag 2021

Helmut wird von Gewissenskonflikten geplagt. Was für einen Beruf soll er ergreifen? Sein Vater, selbst begeisterter Hitler-Anhänger, rät zu einer „Karriere“ bei der Wehrmacht. Doch Helmut will nicht. Er möchte lieber Theologe werden – ein Priester, der den Menschen hilft, durch die verwirrte Zeit zu gehen. Als er ausgemergelte Gestalten eines Konzentrationslagers zu sehen bekommt, gerät er ins Grübeln. Wie kann er in seinem Leben etwas gegen dieses Unrecht tun? Die Frage lässt Helmut nicht mehr los. Er entscheidet sich gegen das Theologiestudium und tritt stattdessen in die SS ein. Direkt vor Ort – im Konzentrationslager – will er aus christlicher Überzeugung den geschundenen Opfern helfen. Mit seiner gelebten Nächstenliebe riskiert Helmut schon bald sein Leben. Auch andere versuchen trotz großer Gefahr zu helfen.

Die Judenmetzgerei

Hermann Multhaupt
»Die Judenmetzgerei«
Ein Familienschicksal aus Deutschlands dunkelster Zeit
Taschenbuch, 68 Seiten
ISBN: 978-3-944974-46-0
Preis: 7,80 €
dialogverlag 2020

Else Rubin, Mutter von sechs Kindern, hat alle Hände voll zu tun, um ihre Metzgerei im Jahr 1943 am Laufen zu halten. Ihr Mann kämpft an der Front in Russland, nur der einbeinige Onkel Gustav arbeitet in der Metzgerei mit. Als Frau Rubin das Mutterkreuz für ihre Kinder verliehen werden soll, die sie laut Ortsgruppenleiter „dem Führer geboren hat", lehnt sie sich erstmals mutig gegen die NS-Ideologie auf ...
Bewegend erzählt Hermann Multhaupt von der couragierten Metzgersfrau, deren aufrechte Haltung beispiellose Charakterstärke bezeugt – ein ermutigendes Beispiel für Widerstand in Zeiten wiedererstarkender antisemitischer Tendenzen.

Die Mordnacht über der Königspfalz

Hermann Multhaupt
»Die Mordnacht über der Königspfalz«
Mittelalter-Roman über das Leben der heiligen Ida von Herzfeld
Taschenbuch, 168 Seiten
ISBN: 978-3-944974-45-3
Preis: 12,80 €
dialogverlag 2020

Der Mittelalter-Roman erzählt die spannende Geschichte der sächsischen Adeligen Gunloda zur Zeit Karls des Großen. Der Kaiser will das sächsische Volk durch Zwangstaufen gefügig machen und zum Christentum zwingen. Um dieses Ziel zu erreichen, lässt er sächsische Edelinge als Geiseln nehmen und bei fränkischen Familien Dienst tun. Auch Gunloda und ihr Freund Hengist sind von diesem Schicksal betroffen: Während es Gunloda in einer christlichen Familie gut ergeht, wird Hengist am Hof des Pfalzgrafen gedemütigt und schwört Rache. Mittel zum Zweck in seinem teuflischen Plan ist Gunloda, die nach schweren Gewissenskonflikten eine bedeutungsschwere Entscheidung trifft …
Schließlich begegnet Hengist Ida von Herzfeld, einer Verwandten Karls des Großen. In ihrem Umfeld erschließt sich ihm nach und nach die wahre Bedeutung des Christentums.